巣鴨のお寿司屋で、帰れと言われたことがある

古賀及子

幻冬舎

巣鴨のお寿司屋で、
帰れと言われたことがある

古賀及子

目次

巣鴨のお寿司屋で、帰れと言われたことがある

いつかの年のクリスマス、叔母と

十代の終わりか、もう二十代に入っていただろうか。それくらいの若い頃のことだ。巣鴨《すがも》のお寿司屋で、帰れと言われたことがある。

私は巣鴨に住む叔母に可愛がってもらっていた。叔母は学校を出るとすぐに料亭の大店に入って配膳の修業をし、二十代の後半には虎ノ門《とらのもん》に自分の小料理屋を持って切り盛りして、この頃は店を赤坂《あかさか》に移して商っていた。

身綺麗にすることが商売のうちだからと、洋装も和装も上手に着こなす。お店に出る日のばりっとしたメイクもかっこよかったけれど、私はオフの日の薄化粧

が、場所や人に対して今日はくつろぐ日であると宣言しているように見えて、すきを見せてもらえている優越感があって好きだった。

そういう叔母だったから、どうにも風貌の冴えないぼんやりした私を危ぶんだのだろう。もう少ししゃんとしなさいよと心配し、自分の小料理屋で働かせてくれたり、将来の相談に乗ってくれたりした。有名なレストランに食事に連れ出しては、こういう店が世の中にはあるんだよと教えてもくれて、叔母はおそらく大人になったときに恥ずかしくないように、社会勉強をさせてくれたのだろうけど、結局あの頃以来、いくつになってもちゃんとしたフルコースを食べさせるようなレストランに行く機会に見舞われたことは無い。

巣鴨のお寿司屋に行ったのはいつかの年のクリスマスだった。四十代半ばくらいだった叔母は、このとき独身で誰もパートナーがおらず、私にも恋人がおらず、じゃあまあ、ふたりで寿司でも食べに行こうかという話になったのだ。家の近所にあってよく通りかかるのだけど、一度も行ったことのないという、街のお寿司屋を叔母は予約してくれた。

叔母は煙草とお酒が大好きだ。痩せた見た目から想像するとおり食は細い。あの日もカウンターで刺身をつまみに酒を飲んでは煙草を吸っていたのではなかったか。いまではどんなお寿司屋もカウンターで煙草は吸わせないだろう。でもこれはまだ平成も前半の九〇年代の話で、あの頃は会社の執務室でも煙草を吸う人がいたのだ。煙草を吸っていたのは叔母だけではなかったように思う。私たちが座ったのはカウンターの一番奥の端っこで、隣の席にも灰皿があった。

帰れと言われたのは、私たちがお喋りばかりしてお寿司を食べていなかったからだ。

でも、それは私が注文した鯛の握りが忘れられていてまだ出ていなかったのを待っていただけなのだ。

店の大将とおぼしき中年の男性は酔っていた。常連らしい客からワインをもらって飲んでいたようだった。

「何も食わずに煙草吸ってるなら帰れ」

急にカウンターの向こうからそう怒鳴られたから驚いた。常連たちがいっせいに笑う。

瞬間、叔母が「お酒もう一本もらおうと思ってたのに、そんなこと言うなら帰るよ」と怒鳴り返した。「いいよ、帰れ帰れ」大将はさらに強く怒鳴る。

私たちのお寿司を握ってくれていたのは別の職人さんで、慌てたように「まだ出していないものがあるんだもんねえ」と、私の目の前の葉蘭《ばらん》に鯛の握りを置いた。ふるえたお箸をゆっくり開いて、お寿司をはさむと落とさないように気をつけて口に運んだ。

腹が立つし悲しいのだけど、なんでまたこんなことになったのかがよくわからない。

「何も食わずに煙草吸ってるなら帰れ」と、こう怒鳴られるまでの前触れは記憶の限り、ない。本当に突然怒鳴られた。

さらにそれに対する叔母の「お酒もう一本もらおうと思ってたのに、そんなこと言うなら帰るよ」も、ちょっと芯を食わなさすぎてはいないか。だって、私たちにはちゃんと帰らない理由があるのだ。私の注文がまだ出ていないから待っていただけで、それを言うべきではなかったか。

続く大将の「いいよ、帰れ帰れ」、これはまあ、売り言葉に買い言葉の瞬発力だろう。むしろこの発言だけが流れの上ではスムーズなように思う。

これもわからないのが板前さんによる最後の「まだ出していないものがあるんだもんねえ」だ。私ではなく大将に対し、オーダーが出切っていない状況をどうか説明してほしい。

覚えきれていない発言があって、それで記憶ががちゃがちゃしているのかもしれないけれど、ひとつひとつ丁寧に納得がいかない。そうして、なにしろ私が一番悔しかったしおそろしかったのは、大将でも板前さんでも叔母でもなく、怒鳴る大将と一緒に笑った常連たちだった。

鯛を食べて帰る私たちをなお、大将と常連は笑った。笑い声に見送られて店の引き戸を閉じて外に出ると、まだ中のざわめきがくぐもって聞こえた。

叔母も私もこれで一気に疲れてしまった。ふたりであちこち食べ歩くことはなくなった。

二十年以上前の話だ。思い出してその理不尽さをなぞるように感じ取ることはできても、実感としての悲しさや悔しさは忘れて体のどこにも残っていない。

最近どういうわけか急に、この寿司屋の名前を思い出した。自宅から最寄駅までのあいだにあるお寿司屋の前をいつものように通り過ぎながら、毎日通り過ぎるのに入ったことがないなあと、普段は目にとめない店名を意識して、その文字と文字の隙間から急に滑り出すように、するんとあの巣鴨の寿司屋の名前がひらめいた。

はっとしてスマホで検索すると、今も巣鴨にあるらしい。

「巣鴨のおばちゃんって覚えてる?」

家に帰ると高校生の息子がいた。息子は叔母に遊んでもらったことがあるが、物心がつく前のことだ。

「いや、あんまりちゃんと覚えてないんだよな」

「おばちゃんと私、昔よくご飯食べに行ってたんだけど、クリスマスに寿司屋に行ったことがあったんだよね」

「へえ」

息子はあからさまに漫然と聞いている。

「そのときに、店の人に帰れって言われたんだよ」

言うと同時に、息子が活性化するのがわかった。えっ？ と顔をあげて笑う。

「それ、すごいエピソードだね」

そうだよな、これは、それなりに存在感のある話だよな。

ネガティブな気分が過ぎ去った今だからこそ、純粋に貴重な体験として、私のなかでいびつに輝かせてもいいかもしれない。

二十五年後、普通の味の寿司だった

八月も終盤、まだ十分暑さは残るけれど、それでもお盆の頃のとんでもない猛暑に比べれば、外気が体につらくあたらない。

巣鴨駅で山手線を降りた。流れに乗って駅の外まで押し出されれば、巣鴨地蔵通り商店街へ向かう手前のアーケードからは、もわもわしたミストが大量に噴き出して涼しいくらいだ。縁日が行われる四のつく日を避けた平日の駅周辺はむしろ空いて、有名な観光名所らしさと、地元商店街らしさが六対四くらいで拮抗している。

以前、編集者として携わっていたウェブメディアの記事の取材で、小さな八つのパンがぶどうの房のようにくっついた八色パンというのを買いに来た駅前のパン屋は休みらしくシャッターが閉まっていた。歩道の真ん中に、いったい何があったのか、中にぱんぱんにビリヤニが詰まったままのテイクアウトの容器がひっくり返っている。巣鴨といえば、マクドナルドのポテトのサイズのメニュー表記がSMLではなく大中小だというのが都市伝説のような本当の話としてかつては囁かれたけれど、通りかかると店頭のメニューはもう無くなっていた。店内はやっぱりお年寄りが多いようだ。巣鴨信用金庫のビルには、窓の一枚に一文字ずつ大きく「振り込め詐欺撲滅キャンペーン」と張り出されている。

巣鴨のことを、お年寄りの原宿《はらじゅく》と言う。聞くたびに思うのだけど、お年寄りの原宿が巣鴨であるということは、若者の巣鴨が原宿であるということだろう。この公式からは、若者はまず原宿に行き、年寄りになると巣鴨に行くという、人間の加齢による行動変容が算出されるわけだけど、そんなこと、あるだろうか。

そう都合よくいくわけないような気がして、でも、なんだかんだで巣鴨に来ればお年寄りがいる。いっぽう原宿にはちゃんと若者がいる。

寿司屋で帰れと言われた頃の私は若者だった。今は中年で、より巣鴨に近い年齢になったと言っていい。けれど巣鴨を我が遊び場としてもてはやす準備はまったくといっていいほどできていないのだ。老人になる頃には仕上がるのか。まるで予想がつかない。

巣鴨の商店街では、他の街の商店街だと静かな種類のお店に活気があった。例えば婦人服の店。店頭に商売する気まんまんの、おかみさんらしき店員さんがエプロンをつけて立っている。寝具の店、ぼうし店、金物店、つっかけを並べる履き物の店、飴の店も、生き生きとしている。かつて話題をさらった真っ赤な下着の店も健在で、あらためて見てもいい意味でなぜこれが流行したのかと、商売というもののワンダーに感心する。

とげぬき地蔵尊に挨拶だけして、かつて帰れと言われた寿司屋に向かった。昼時で、ランチセットをただ食べるつもりでいる。

ぱっと寿司屋の名前を思い出したとはいえ、本当にあの時の店かどうかはもう確かめようがない。向かいながら、残念な思いをしたお店にわざわざ行ってお金を落とすなんて、嫌味たらしい態度ではないかなどと思いもしたのだけど、お寿司は食べたい。

あのクリスマスの日、叔母とは駅で待ち合わせてそのままお店に行ったはずだ。再訪の今日、周囲の景色には覚えがなかった。到着して眺めた店がまえにもはっと思い出すように記憶はよみがえらない。街のお寿司屋さんだったらだいたいこんな感じだろうなと思うくらいだ。

入るとカウンターのど真ん中に通された。この段階でもまだ確信は持てない。もし、かつて私たちが来たのがこの店であれば、左側の奥があのときに座った席だ。ランチの握りのセットを頼む。

私のセットは、ふたりいるうちの若い職人さんがひとつひとつ出すのではなく、もくもくと握ってお皿に揃えて出してくれた。大将らしきもうひとりの職人さんはずいぶん年をとっている。カウンターには他にも、酒を飲みながらお好みで注文をするひとり客がいた。とくに誰も会話はしない。私も、静かにあたりを見回しながらもお寿司に集中した。NHKラジオだろうか。この日はじりじりと進みの遅い台風が九州に上陸するかしないかという天候で、いかにもNHKらしい声質のアナウンサーが気象情報を伝える。

寿司は普通の味だった。ぶりが分厚く気前がよかった。

次々お客がやってきて、みんな常連のようだ。お年寄りが多く、シャリを小さめでというオーダーが聞こえる。

さっと食べて席を立つ。カウンターの下の物入れにバッグと日傘を入れたのだけど、危なく日傘を忘れそうになり、いつもよりずっとぞっとした。

店を出ると、東京にはまだ台風の影はなく大塚《おおつか》のほうに向けてぐんと青空で、でも鶯谷《うぐいすだに》方面に黒く雲が出ている。台風というよりも、最近よくある、短時間にわっと強く降らせる雨雲が、今日も東京上空を通るのかもしれない。

重く湿気を含んだ空気をかき分けて駅に向かう途中には、スーパーの西友があった。

寿司屋で帰れと言われた十年ほどあと、私は子どもを持つ。生まれた息子を連れて、まだ巣鴨に暮らしていた叔母の家を訪ねたことがあった。叔母が息子に「なんでも買ってやる」とこの西友のおもちゃ売り場に連れて行ってくれたのを思い出す。シャボン玉セットを買ってもらって、叔母の家のベランダで吹いた。

地蔵通り商店街へ戻って老舗の和菓子屋で名物の塩大福を家族の人数分、三個買った。店頭には行列の作り方の案内図がかかげられていたけれど、ちょうど空いていた。塩大福と一緒にリーフレットをくれて、ちらっと見ると「昭和の終わり頃から巣鴨は『おばあちゃんの原宿』と呼ばれるようになりました」とある。昭和の終わり頃というと、もう三十年以上前だ。これはやはり、かつては原宿に行った若い人も、いつかは巣鴨にたどり着くということなのか。

駅前のアーケードの下にはぽつぽつと、いわゆるキャッチのような人がいる。

繁華街には水商売のスカウトマンが多いと聞くけれど、巣鴨のキャッチはどうやらほとんどがストレッチ教室の勧誘らしい。うちわを渡されたおばあさんが「七十代後半の方が前屈できるようになったこともあるんですよ」と営業を受けている。

あれから叔母は変わらず小料理屋を商っていたのだけど、あるときふいに姿を消した。実家に一通だけ手紙が届いた。これまでの名前は捨てることにしました。生まれ変わって生きていきます。名前は亀子に変えました、と書いてあった。

通りに向けて開け放たれて、百円ショップは店内がよく見える。何をしにやってきたのかわからなくなって、蟹の形のカチューシャを買いそうになり思いとどまる。ミストでむせた。

下関の記憶、キュロットがキュロットではない

下関《しものせき》のことは名物が河豚ということくらいしかわからず、それにしては、しものせき、という語感は私にとってあまりに身近だ。

山口県の下関市に、四歳の頃一年ほど父の仕事の都合で家族で暮らした。今もだけれど、四歳の私は熱狂的な『ドラえもん』ファンだった。当時の写真にはドラえもんの顔のワッペンのついた黄色いランニングシャツを着る私が写っている。そんな服よく売ってたなと思うほど底抜けに元気な服でいい。

仮住まいのように短い間暮らした社宅で、私はドラえもんを真似て押し入れを寝室とした。父母が面白がって願いを受け入れたんだろう。ただし、本来のドラえもんと同じ押し入れの二段目ではなく、私が寝たのは一段目で、落ちたら大変

だものね。

夜に寝て、起きたら世界は四角く真っ暗だ。ふすまを引っ張ると、隙間から朝の日が縦に押し入れの中に差す。ためらわず思い切って開け切ればそこにはいつも朝があった。転がり出る。

社宅は古い団地のような作りの低層の集合住宅だ。建物の前の駐車場は打ちっぱなしのコンクリートの舗装に薄く砂が敷いてあるだけで、雨が降るとあちこちに水たまりができた。あえて避けずに赤い長靴でずかずか歩いた。

と、これが本当の記憶なのか、実はちょっともうよくわからない。

しものせきが、しものせきに、しものせきの頃はと、下関は両親や親戚の話題にたびたび出た。物心をつけながら、ずっと地名を咀嚼してきた。下関で暮らした経験を、私は誇らしく携え生きてきた。記憶こそ薄れてしまったけれど、たしかに持っている実績として。

社宅の前で撮影した、同じ歳の頃の女の子と私が並んで写っている写真がある。雨上がりらしく、地面に水たまりができて私は長靴を履いた足を交差してずいぶん機嫌よく笑顔だ。隣の女の子も顔をくしゃくしゃにして笑う。同じ社宅に暮らす家の子で、よく遊んでいたそうだ。せつこちゃんといって、私も母もせっちゃんと呼んでいた。

私たちはいつもひざ丈くらいのプリーツのスカートを穿いていた。その頃の女の子の服装というのが、だいたいそういうものだったんじゃないか。

並んで写真を撮ってもらったあと、私たちは足元の水たまりを見下ろす。スカートからぎりぎり出たひざこぞうと、ぶかぶかの長靴の赤が水面に映る。押し入れで暮らしたことや水たまりのことは、あとから写真で得た情報をもとに再生したような、事実ではない後付けの手ざわりがある。それはそれで、思い出らしいなとも思う。

そんなあいまいさのなかで、ひとつだけ、複製でも捏造でもないと確かな記憶がある。

せっちゃんが、いつもとは違う様子の服を着てきた。プリーツの入っていない巻きスカート、でも巻きスカートのひらひらした前をめくると、中はゆったりしたショートパンツになっている。

すごい。スカートなのに、ズボンだ。かっこいい。

「それ、なんていう服」と聞くとせっちゃんは「キュロット」と答えた。

私は何かを買ってほしいとねだることが苦手な子どもだった。つねづね孫になんらかを買い与えたいと手ぐすねを引いて待っていたありがたい祖母の期待に、まるで応えられないい出来のわるい孫だ。それがこのときだけは、よほど欲しかったのか母を通じて祖母にねだった。

光の速さでキュロットは届けられて、けれどそれは私の欲しいせっちゃんのキュロットとはどうも様子が違う、ショートパンツの裾が広がったものだった。

つまり、キュロットだった。

せっちゃんが着ていたものは、どうだろう、今考えてもどう呼んだらいいのか、ピンとくる名称が無い。キュロットと言えばキュロットだ。

祖母の送ってくれたものを手に、こういうのじゃなくて、ズボンの上にスカートが巻いてあるやつで、と母にあらためて説明はしたと思う。けれど、なにしろキュロットが欲しいと言ってキュロットを手に入れてしまった私なので、別のものだと言われたところで母としても甘やかすのは避けたかっただろう。この話はそれっきりになった。

欲しかったキュロットがキュロットではなかった。これが、下関の暮らしのなかで私が自力でしっかりと実感を持って覚えている、唯一の記憶ということになった。

その後、中学に上がった私は自分のお小遣いで衣類を買うようになり、下関から遠く離れた埼玉県の所沢《ところざわ》のダイエーで、ついにせっちゃんが穿いていたものと同じ形の服を見つけることになる。せっちゃんの穿いていたのはデニム地だったけれど、私が見つけたのは化繊でできた白と黒の千鳥格子のものだった。

買って気に入ってずいぶん穿いた。

相模原、二回の春、ユキヤナギの遊歩道

就学前の二年間、幼稚園に通った。幼稚園バスはなく、歩いて行く。当時暮らした団地の近くに遊歩道があって、それに沿って毎日、母が連れて行ってくれた。

遊歩道にはずっとずっと、ユキヤナギが植わる。だから私は今もユキヤナギを見ると、ハンカチとティッシュがちゃんとかばんのなかに入っているかどうか気になる。毎日、母が遊歩道に入ったタイミングで、首から下げた私のポシェットを確認するのだ。でもたいてい私は忘れてしまって持っていない。持っていないから母が補塡するということは無くて、仕方ないなあ、と、ただそれだけのことになる。

就学前の私と母は、こうした諦めの確認をよくやった。たとえば歯磨きもそうだった。私が歯を磨いて母に見せにいく。正座をした母の膝の上に私は頭を乗せて、すると母は人差し指を私の口に差し込むと歯茎にすべらせるようになぞって「はい、ＯＫ」と言う。ぜんぜんＯＫじゃないことは、幼い私にもわかっていた。だって私は歯を磨かずに母に見せていたから。

そういう、かたちだけの確認くらいはしておこうという諦めの気分が、家事と子育てに猛烈に忙しい母と、だらしない私の、この頃の独特のやむをえなさだった。

ユキヤナギの遊歩道を抜けてしばらく住宅街を歩いた先に、幼稚園はある。四月の入園に合わせて他の園児のみんなと一緒に入園したはずなのだけど、どういうわけか私は卒園までずっと途中で入った転入生のようだった。周りのみんなが生活や活動に慣れるスピードに、私の慣れ方は一歩か二歩、いつも遅かった。やらねばならないこと、やりましょうと言われたことが、どうもいちいちうまくできない。

よく覚えているのは、クリスマスに園のホールに飾られたもみの木に星の飾りを作って吊り下げましょうと、クレヨンで星の絵を描いて切り抜いたときのことだ。でき上がってみると、みんなはいわゆる五芒星を手にしているのに、私だけがギザギザの吹き出しのようなものを持っていた。星のマークの形はイメージできていて、でもどうやって描いたらいいか知らなかったし、わからなかった。

冬にストーブでアルミのお弁当箱を温めてもらうのも、みんなよく理解して準備していたのだけど、私はお弁当を温めて食べることの意味や喜びがよくわからなくて、他の子がストーブの近くに弁当箱を並べてから慌ててかばんから取り出して隅に置いた。ほかほかに温まったスヌーピー柄のアルミのお弁当箱は、今までに持ったことのない、知らないよその場所の温かさと香りで、卒園までずっと慣れなかった。

周りの子どもたちがあらかじめ知っていることを、どうも私はつかみそびれて出遅れる。唇を鳴らすのが流行した。上唇と下唇を吹く息でふるわせる。うまくできなくて、園庭で遊んでいる子をつかまえて、やって見せてもらってじっと観察した。それで真似してやってみるけれど、できない。普段は教室で食べるお弁当をホールでピクニックみたいにシートを敷いて食べる日があって、一緒の班になった子の皮を剥いたバナナの一部が黒くなっている。「悪くなってるね」と、母の口調を真似して言ったら「黒いところがおいしいんだよ、知らないの」と諭された。

誰よりも幼かった。夏休み明けは見送る母から離れられず、ひとり、幼稚園の入り口でずっと泣いた。

同じ団地に住む、利発ではつらつとした、私とは真逆のパーソナリティを持つ子が一緒にこの園に通っていて、彼女は卒園後もずっと先生たちと交流を続けていたらしい。大人になってから、園の運営をアルバイトとして手伝うようになったそうだ。

数年前、その友人の結婚式があった。そこに、今は園長をしているという当時お世話になったクラスの担任の先生もいらっしゃるというのだ。お名前ははっきり覚えているけれど、卒園してから四十年近く経っている。お顔は忘れてしまった。

せっかくだから事情を話してご挨拶くらいはさせてもらおうと、声をかけて振り返った先生を見たら、忘れたなんて嘘だった。先生！　と声が出て、失礼を承知でつい笑う。先生だ、先生だわ。

鉄棒が、逆上《さかあ》がりはもちろん前回りだってできなくて、恥ずかしくて恥ずかしくて、できることにして嘘をついた私の肩を、先生は両手でやわらかく撫でてくれた。

驚くことに、先生も私のことを覚えていてくださった。四十年前に、幼稚園児の私の肩に触れたあの手だ。

幼稚園でちゃんとできた記憶がひとつだけある。節分の日、鬼が来るから、みんなで追い払うために豆まきをしようと、でも本物の豆を使うのはもったいないから、ティッシュを小さく丸めてテープでとめて作ることになった。みんな丁寧にティッシュを丸めようとするのだけど、私だけは雑にどんどん丸めて、テープも適当に次々貼り付けた。誰よりも量産して、はじめて褒められた。作った豆は一円玉みたいな、あるようでないような重さで、たくさん作ったから何回にも分けて投げた。ふよふよと宙を舞うように飛んで鬼に扮した園長先生の背中に当たり続けた。

園では年に一度、遠足があった。園児と先生方と、保護者も一緒に「ゴルフ場」へ行く。大人になってから母に聞いたところによると、園から歩いて数十分の場所にあるゴルフ場が、当時場内の広場を休憩場所として開放していたらしい。子どもたちは遠足をそれは楽しみにしていて、「ゴルフ場」という言葉を非日常の合言葉のように話した。私はゴルフを嗜むようにはならず、だからゴルフ場に対してわくわくした遠足のイメージが今でも抜けきらない。私にとってゴルフ場は、みんなで座っておにぎりを食べる場所だ。

ネットのトンネルを抜けていくと芝生の広場が広がる。みんなでくっついてシートを広げてお弁当を出す。この日は全員、いつもの斜めがけのポシェットではなく、リュックサックを背負った。付き添いの母親の多くが、小さな弟や妹をおんぶ紐でおぶって来た。私の母もそうだった。

幼稚園には週六日通った。土曜が休みで、日曜は朝に礼拝があるから登園する。キリスト教の教会が母体の園だった。二年間、二回の春、二回の夏、二回の秋、二回の冬、あの遊歩道を通ったはずなのだけど、通園の道はユキヤナギがしだれて咲く春のことしか覚えていない。

園には園歌はなく、でも毎日歌う歌があった。たんぽぽは、お日様の子どもです、と歌う歌。友人の結婚式の披露宴でも歌った。クリスマスのことを思い出しても、節分のことを思い出しても、園の記憶はみんな春のようだ。

幼稚園の名前を検索すると、壁の色は塗り替えられてきれいになっていたけれど、建物はそのままらしい園舎の写真を見ることができた。園児の様子の写真も遠景で掲載され、そうだ、制服のない幼稚園だったと思い出す。

夏休み明け、泣いて「帰る」とごねた私が着ていた服を覚えている。黒とオレンジ色の縞模様で、こんなに寂しいのに服は虎みたいで強いと思った。

鹿児島の小学生が売る切手を埼玉から買う、何度も

鹿児島県にはまだ行ったことがない。親戚も、友人もいない。けれど、ほんのちょっとだけ変わった縁があって、私にとって特別な場所としてずっと輝いている。小学六年生、一九九〇年頃に、鹿児島市の郵便局の家の子から切手を買っていた。

切手の購入は、顔も知らない、同い年だという文通相手から持ちかけられた話だった。父が郵便局の局長をしているのだけど、切手が売れなくて困っている。だから買うならうちで買ってほしいというのだ。

そんなことがあり得るだろうか。嘘か本当かはわからないが、信じて何度も買った。郵政民営化以前、郵便局には普通郵便局と特定郵便局があった。後者のな

かには地域の名士が郵便の業務を担う形で開局された郵便局が多く、自営業的な側面があったらしい。文通相手の家の郵便局には、そのあたりの事情があったのかもしれないと今は思う。

私はこの頃、やたらに手紙を書いては方々に送っていた。インターネットがまだ広まる前、個人情報保護法の施行はもちろん公布もされていない時代、雑誌にはよく文通欄というのがあった。文通相手が欲しい一般の読者が、雑誌に住所と氏名を公開して文通相手を募るのだ。掲載された住所に宛てて、小学生の私はむちゃくちゃに手紙を書きまくった。

知らない人が大好きだった。

知らない人とどうにかなりたいと、関係性を構築した先に何か希望があるわけでもなく、知らない人が知らない人である、その未知にとにかく興奮した。

知らない人が暮らす、知らない街に私の書いた手紙が届く。知らない人がそれを開封し、私の肉筆に触れる。すると今度はその人が私に対し、私だけのために肉筆を届ける。

元来、自分だけの力ではほとんど不可能なことであって、けれど雑誌に載った住所に手紙を送ることでそれが可能になってしまうのが、理屈はわかるけれど意味がわからず奇跡だと思った。顔を知らないことが面白かった。相手は私と同じ人間である、実感をもって認識しながら、どこか存在しないようにも思えた。暗闇から、手品のように魔法のように私宛の手紙が現れる。そこにはたしかに私だけに宛てた文章が並ぶ。

届くレターセットは無地や、柄のもの、イラストの入ったもの、変わった形のものとさまざまだ。書く人によって、字は大きかったり、小さかったり、筆圧が強かったり、弱かったり。ボールペンが使われていることもあるし、鉛筆のこともある。ちょっとシールが貼ってあったりもする。手紙はいろいろな顔をして、でも書いた人の顔はわからない。

想像も、しない。

誰かの姿が、見えないことが面白かった。むしろどんどん、いないようだった。

小中学生が主な読者の雑誌や新聞で、文通欄を見かけるたびに手紙を書き送る。

三百通ものお手紙が来たものだから、あなたとは文通はできません、ごめんなさい、という具合で文通自体は断られることが多かった。それでも知らない人から返事が来ることが愉快でどんどん出した。

無防備に「知らない人が大好き」だなんて、いま小学生の子どもがそんな様子をみせたら親はぞっとするだろう。なんらか、犯罪に巻き込まれてしまうような可能性もあったろうか。ただ闇雲に、信じて送った。

鹿児島の子とはどうやって繋がったのか、とにかくたくさん書いたから断られることばかりだったけど、それでも文通にこぎつけて手紙をやりとりする相手が現れて、そのうちの一人だったことは確かだ。

母は私の文通趣味に理解を示しており、切手代はお小遣いとは別に出してくれていた。埼玉の小学生が鹿児島の小学生から切手を買う。郵便局の家の子から伝えられたのは、郵便小為替を使う方法だった。

まず私が母に、手紙を出すから切手代に千円くれないかと頼み、現金千円をせしめる。その千円を持って最寄りの郵便局に行き、窓口で定額小為替というものを買う。定額小為替は普通郵便で送れて、千円を送るのに口座振り込みをしたり、現金書留を使ったりしなくて済む。手紙と一緒に買った小為替を郵送する。しばらくすると、鹿児島の子が家の郵便局で私の代わりに切手を買って、返事と一緒に千円分の切手が送られてくる。

一九九〇年当時、定型郵便の料金は、二十五グラムまでが六十二円だった。切手収集の趣味はなくて、絵柄は何でもよかった。おまかせで六十二円切手を十六枚、端数の八円分は一円切手八枚で送ってもらった。薄いビニール袋に滑らせるように入れられた六十二円切手は、青のキジバトの柄か、明るい緑色のオオイトカケガイの柄の普通切手だ。もう売られていないこの柄を、いまだに私は切手と言われて思い描く。送られるうち、一円切手は前島密《まえじまひそか》の肖像のもので、この柄は今でも変わっていない。

定額小為替を買うには手数料が必要で、とはいえ当時の手数料は一枚たった十円だった。二〇〇七年に百円に値上がりし、現在の手数料は二百円だそうだから、今だったらこの方法での切手の通販は小学生にはできないだろう。十円の手数料は自分の小遣いから支払っていたのだと思う。

私にとって、わざわざこの手続きを踏んで切手を入手することには意味がないことは一目瞭然だし、下手したら千円をねこばばされてしまっても追及するのは難しそうだ。それでも私はちょっとも疑った覚えがない。手紙は間違いなく同年代の子どもの字で綴られていた。見えないところに千円送ると切手が出てくるのは、手紙と同じくらい、もしかしたらそれ以上、変なようで可笑しかった。定額小為替という見慣れないものを郵便局の窓口で買うことにも、派手ではない微細な知らない世界を見る興奮があった。

そのうち母にあまりにも切手を使いすぎると言われて差し出す手紙の量に制限がかかり、切手も母が管理するようになって、鹿児島からの切手購入は終わった。それでも、その後もしばらく文通は続いたはずだ。

郵便局の家の子は手芸が趣味で、小学校では手芸クラブに入っているのだと、いろいろな動物をカラフルにかたどった上手でかわいらしいフェルト製のマスコットの写真を送ってくれたことがあった。写真は見たら返すのがこの頃の文通によくあった礼儀で、かわいいマスコットの写真も、眺めてよく感心して、次の手紙で送って返した。

池袋、知らない誰かになったふたりのこと

シドニィ・シェルダンとカラーペンの中学生

あの頃は、池袋《いけぶくろ》だけが東京だった。

池袋駅から私鉄に乗って一時間と少し、住宅街を抜けて野を越え山を越えたところにある山間のニュータウンで、小学校の高学年から高校を卒業するまで暮らした。

出かけて遊ぶことを覚えた中学時代にまずリーチした都会は、まだしっかりと埼玉の範疇《はんちゅう》である所沢だ。しばらく所沢に通って人の行き交う喧騒に肌を慣れさせて、それから満を持して、池袋というまぎれもない東京に上陸した。

池袋から先に広がる東京はまだ見えず、でももう私には十分で、見る必要も感じられない。あとは余分の東京のようだった。池袋だけがらんらんと輝いて、私にとって東京だった。

父母は東京出身で、品川《しながわ》区と港《みなと》区というびしっとした都会に実家があったから、子どもの頃から祖父母をたずねて訪れることはよくあって、東京は身近な場所ではあったのだ。けれど自力で行く、頭と足を使って、ここが東京だと実感と責任をもってたどり着く東京は、なにしろとにかく池袋でしかなかった。

当時暮らしたニュータウンは不思議なところで、山の斜面をごそっと削《そ》いだところにぴかぴかの戸建てを、劇場の座席みたいにぎゅっと詰めて置くように開発されていた。山のふもとの駅の周辺から手をつけて、山頂を目指すようにじわじわ家が並べられている。住宅だけがあって、周囲は山と谷だ。世界の景色があまりにも見えづらい場所だったから、外と積極的に接触をもちたかった。私は早いうちから外界と繋がることを試すようになった。

一九九〇年代の終わりで、インターネットがじりじりと広がりつつはあったけれど中学生の頃はまだ自宅にパソコンがなかった。私がとった主な外との連絡手段は郵便で、当時雑誌によくあった、文通相手募集欄を見ては見知らぬ誰かに手紙を書き続けた。

そうして知り合ったなかに、池袋に住んでいるという同年代、中学生の子がいた。私をはじめて池袋まで連れ出してくれた、東京を見せてくれたのが、今や顔も名前も覚えていない彼女だったことを、最近になって思い出した。

私はとにかく愚鈍、という感じの子どもだった。ものを知らず、礼儀も知らず、倫理感も清潔観念もない。コミュニケーションの機微を理解せずぼんやりとして鈍い。自分は発達するにはおこがましいと、成長を遠慮のように忌避するところがあった。

元来の要領の得なさに加え、長子である私の下に四人の妹と弟がいるきょうだいの多さから、親が多忙で私どころではなかったこともあるだろう。年齢が上がれば上がるほど、周囲は発達していくから、置いて行かれて私はひとり、裸足で手ぶらで世の中に放り出されてぽかんとしていた。野生からくる天真爛漫さで、怖いもの知らずの積極性も発揮していたように思う。

文通で知り合った池袋の彼女は世の中をよく見ており、機敏で押しが強く、世話焼きだった。人間というものに旺盛な興味があって、それで世情に疎《うと》い私を、おそらく面白がった。

手紙と自宅の電話を使って約束をして、彼女は池袋に繋がる私鉄路線の終点である飯能《はんのう》駅まで、ある日わざわざ迎えに来てくれた。急行電車に乗って、池袋に行く。

彼女は街のことをずいぶんよく知っているようだった。ゲームセンターに行ってＵＦＯキャッチャーをした。当時出はじめだったプリクラには高校生が大行列を作っていて撮れなかった。自動販売機でジュースを買って飲みながら歩いて、それからサンシャインシティで買い物をした。

彼女の思考のベースは、同級生の異性にモテたいというもので、それが私には新鮮だった。私にはもちろん、クラスメイトの間にも、まだそこまであからさまに恋をどうにかしようという気概はなかった。恋はやんちゃな子たちのすることだった。

雑貨店でこれ買いなよと強くすすめられたのが、さまざまな色が大量にセットになった水性のカラーペンのセットと、それをまるっと収納できるビニールのペンケースだ。彼女によると、学校の授業中、プリントなど自己採点が必要なときに誰もが赤ペンが必要だから、ペンをたくさん持っていると男子がみんな借りに来るんだそうだ。

「男子に囲まれて、キャー！　ってなるよ！　絶対買うべき」

私は自分のところに男子生徒がペンを借りに来る様子がまるで想像できず、けれど買わないことには終わらないような迫力が彼女にはあって、ペンもペンケースも言われたとおりに買った。誰も借りに来ないだろうペンを持つことが、図々しいようで気恥ずかしい。

帰りも彼女は池袋から私が乗る電車に一緒に乗って、途中まで送ってくれるという。池袋で電車を待つ間に「アイス食べよう」と言うから賛成して、ホームの自動販売機で棒アイスを買ってそのまま食べながら電車に乗り込んだ。

食べ終わって棒をぶらぶらさせていると彼女は「私、次の駅でゴミ箱に捨ててくるよ」と言う。停車中にゴミ箱に捨てて、そのままた電車に戻ってくるということらしい。

「え、いいよ、着いたら捨てるから」

「でも邪魔じゃん」

開いたドアから彼女は駆け出して、ゴミ箱があるらしい進行方向へ全速力で走っていって、そうして途中でびたん！　と転んだ。

短いスカートがまくれて、持った棒が二本、ぼろんと手から落ちたのが見えたのだけど、見てはいけないと、瞬時に私はのぞかせた顔を電車の中に引っ込めた。空いた車内だけれどまばらに乗客はいて、近くの若い男性が、転んだ彼女と顔を引っ込めた私を交互に見た。

電車が出発する。彼女は起き上がってゴミを捨て、近くのドアから車両に乗り込んだらしい。揺れる車内をこちらに向かって歩いてきて、そうしてやぶからぼうに「私もうすぐ誕生日なんだけど、なんかちょうだい」と言った。転んだことが力強く無かったことになって、私は感心したし安心もした。

「私、シドニィ・シェルダンの小説にはまってるから、買ってくれないかな」

彼女は所沢で降りた。引き返して池袋に帰っていった。

ニュータウンには書店はなくて、次の週末に父に車で街まで連れて行ってもらった。シドニィ・シェルダンの本はハードカバーの上下巻の作品が数作並んでいて、でも、一冊でも私には高くて買えなかった。

そこで私は、何をどう思考したのか、買えないからお祝いは服を送ってもいい？　と電話で彼女に聞いたのだった。親戚からお下がりにもらった白いスカートが新品のようにきれいだったから、郵便で送った。本の代わりがお下がりの服とはあんまりだけど、お金がなくて、送れるましなものがそのスカートしかなかった。彼女も「古着は好き」と言った。

手紙のやりとりはそれからも続いたはずで、でもそれっきり彼女に会うことはなかった。そのうち手紙も途絶えてしまった。

買ったカラーペンは予想通り誰にも貸すことはなくって、でもそれなりに便利に使い続けた。とにかく本数がたくさんあったから、インクが切れたところから処分してもしぶとく自宅に残った。すすめられて買ったのはもう軽く三十年は前の話で、けれど最後の一本を捨てたのは最近だ。誰にも貸さなかったにもかかわらず真っ赤、朱、えんじ色と、赤い色からインクは切れて、最後に残ったのは緑、深緑、黄緑と、ぜんぶ緑系の色だった。

私はどうにも人に不義理で、そのくせやたらめったら人には会ってきた。彼女のように一回会ってそれっきりになるような、繋がり続けられずにぷっつり切れた縁の糸を大量に束ねながら生きている。池袋の彼女のその後をまったく知らない。調べようもない。けれど、今日もきっと寝て起きているのだろうと、気配がする。

劇場通りのどんつき

池袋駅の西口、東京芸術劇場の裏に劇場通りという通りがある。

北は川越《かわごえ》街道からはじまって、南の池袋消防署の前あたりで急にほとんどどんつきになっている。延伸して北は中山道へ、南は目白通りへ延ばす計画があるようなのだけど、もうずいぶん長いこと、突然はじまって突然終わる大通りのまんまだ。

通りの北に突き当たった先は、静脈のように細く通りが延びて、網の目の道の住宅街が広がる。古いアパートがあって、友人が住んでいた。

友人は、私が短大を卒業してアルバイトとして入った、新宿《しんじゅく》にあるウェブサイトを制作する会社の同僚だ。

アウトドアの趣味が一切ないところが噛み合って歳も近い。彼は池袋から新宿の会社まで赤いスクーターで来ていたから、よく後ろに乗せてもらって遊びに出かけた。

ラーメンが好きな人で、私はぜんぜんその素養がなかったのだけど、何度も食べに連れて行ってもらった。飲食文化に疎い私がラーメンについてほんの少し経験値があるのは、彼のおかげだ。

十代の後半から三十代のあいだまでずっと、痩せたり太ったりを繰り返していた私だけれど、この頃は一番くらいに痩せていた。つけ麺の有名店に並んだときに、注文を取りに来たお店の人に「この体のどこにつけ麺が入るの」と言われたあとで頼んだ分をちゃんと食べきって、意外性を体現した経験は、今のところ人生でいちばん誇らしい、いい気になった思い出かもしれない。

恋愛関係ではなかったけれど、私はてらいなく彼の部屋に上がった。古い木造の、あれはおそらくかつては戸建ての住宅だったのだろう。あとから店子が入れるように改造したと思われる。一階に三戸、二階も三戸に区切られていて、普通のアパートとはちょっと違う造りだった。

建物の狭い脇をすりぬけて奥へ進むと入り口がある。扉を開けると狭い玄関を上がってすぐのところに小さなキッチンとお風呂とトイレがあって、その先の部屋は玄関や水回りに比べると意外なほど広々としていた。天井が、二階分まで抜いたように異様に高い。これは部屋の都合というよりも彼の趣味だったのか、広い部屋に対して小さな照明は電球色よりもぐっと積極的なオレンジ色で、日当たりの悪い室内はいつも夕方のようだった。

音楽を聴いたり、彼がレンタルビデオ店で借りてきたビデオを観たりして過ごした。この部屋で私は『スクリーム』を1から3まで一気に観たし、アメリカのドラマ『フレンズ』も履修した。

バイトが終わったところでスクーターの後ろに乗せてもらって、明治通りを新宿から池袋に走った。ある日、他のバイクと危なく接触しそうになって、向こうの運転手が声を荒らげたのに応じるように彼も大きな声を出してからよく相手を見たら、おそらく本格的にちゃんと怖いひとだった。肝を冷やして部屋に逃げ込んでふたりでふるえたのを覚えている。お互いにまだ若くて気が小さくて、でもなんだか、できることがそれなりにじりじりと増えてきた頃だった。

ある日、いつものように部屋に行くと、ちょっといつもと様子が違う。トイレの隣に造りつけられた納戸からしまっていた荷物を全部出して、アルミホイルのようなもので内部の壁を覆い、光量の強い紫の照明が灯って、なんらかの植物の鉢が置かれていた。一日中照らしたままにして育てるのだと彼は言う。

「観用植物みたいなものだね」

「へえ？」

よくわからないままただ感心して、それからラーメンを食べに出かけた。これまで行ったことのない新しい店に行ったら、彼は三口くらい食べたところで怒って麺をぐりぐり混ぜて、上からコショウを大量にかけて店を出てしまった。急いで食べ終えると、彼は店の前でスクーターに腰掛けてコーラを飲んでいる。

「よく食べれたね、あんなまずいの」

そんなにおかしい味ではなかったように思うのだけど。

季節をひとつ越えて、植物はよく育ったようだった。

部屋をたずねると、以前よりもずっとほの暗く照明を落とした部屋で、彼はソファに寝そべっていた。銀紙の上に細い油性ペンでみっしり迷路を書いている。ちらっとだけ私を見ると視線をもう銀紙に戻して「これからは、ジーパン穿いてくるの禁止」と言う。「繊維が、硬くてごわごわするから」

それから、紙パックの紅茶買ってきて、ストローももらってきて、と言われて私はコンビニに出かけて、でももらってきたストローが細いやつじゃないからだめと、家に入れてもらえなかった。

バイト先では顔を合わせたけれど、ふたりで遊ぶことはもうなかった。

飯能、三十年覚えている名前、まずかったかもしれないとんかつ、朝昼晩のバイキング

この選挙事務所はゆるい

高校は、何も考えずただ県立高校のなかから入れるところに入った。通うあいだ、学校の近くでアルバイトをした。市議選の時期に選挙事務所で働いて、選挙が終わったあとショッピングモールのとんかつ屋に応募して、とんかつ屋がつぶれてホテルのレストランに行った。もういくつかの場所でも働いたけれど、記憶が妙なように鮮やかなのはこの三つだ。

学校は、埼玉県の飯能市にあった。高校一年生のある日、学校の近くにあるもう何年も前に閉店した婦人服店と思われる店頭に、手書きの文字の、頼りない選挙事務所の看板が出た。今度の市議選に出る候補者の事務所らしく、看板の横には事務員のアルバイトを募集する張り紙も出ている。選挙のバイトなんてのがあるのかと、面白がって応募して雇ってもらった。

私はこの直前に、生まれてはじめてのアルバイトをショッピングセンターのフードコートで体験し、なにをどう間違えたのか、無断欠勤をうっかり二回もやってクビになっていた。重々反省しつつもスケジュール管理に完全に自信を失って、もう少しゆるい、休んでも迷惑のかかりづらいアルバイトはないものかと、そんなものはないのだけど、探していた。選挙事務所の事務員の仕事は大半が「公選はがき」と呼ばれる選挙活動用のはがきの宛名書きらしく、それだったら万が一また無断欠勤するようなことがあっても、重ね重ね、そんなことあるなという話だけれど、あとから寝ずに書くなどしてリカバリーできるのではと思ったのだ。

市議の立候補者は中年の男性で、清潔感があるやや神経質な感じの真面目な見た目の人だ。近所で商売をしているそうだけど、どちらかというと銀行とか役所にいる雰囲気だなと横目で見て勝手に思う。事務所を元気に仕切るのはもっぱら候補者の奥さんだった。ばりっとスーツを着たビビッドな雰囲気の、いかにも仕事ができそうな勢いのある女性だ。

アルバイトとして入ったのは私だけで、他に事務所にいるのは無償の支援者らしい。きっと奥さん先導でこれから投票日までこのみんなで忙しく働くのだろうと覚悟したものの、はじまってみるとなんだかとりとめがないのだった。

はじめての出馬だというから仕方ないのか、何をやるのも手探りでどうもおぼつかない。政治家に立候補する人だから、候補者のことは先生と呼びましょう、みたいな提案が誰ともなく挙がってみんなあいまいにうなずき、とりまく人たちが遠慮がちに照れながら先生と声をかけるような、どこか現実味のない浮ついた事務所だった。

私は放課後と週末に行って、例のはがき書きと事務所にやってくる支援者へのお茶出しをした。告示日だけは掲示板へのポスター貼りのため早朝に出かけ、車に乗ってあちこち回ったけれど、そのほかは全体的にのんびりしたものだった。

すべてのはがきに宛名を書き終えて、追加のはがきの刷り上がりに思ったより時間がかかるとかで仕事がなく、事務所に次々やってくるおじいさん、おばあさんと雑談してまるまる終わった日もあった。私の通う高校で何年も前に野球部のコーチをしていたというおじいさんに「若いうちは絶対にスポーツをやらなくちゃだめだぞ」と言われたのを覚えている。演劇部に所属していることを隠して「そのとおりですね！」と言った。

いまだによくわからないのが、頼まれて一度だけ週末に選挙カーに乗ったことだ。はがき書きやお茶出しはアルバイトの仕事としてできるのだけど、選挙カーに乗るのは選挙活動にあたり、バイトではなく無償の支援活動でなくてはいけないらしい。この時間だけはただ、気持ちで先生を応援してちょうだいと奥さんに言われた。

なぜ。

バイトは私ひとりしかいないし、他の全員が奥さんの言う、気持ちで先生を応援している人たちばかりだから、なぜと思う気持ちの逃げ場はなかった。やぶれかぶれで「はい！」と返事だけ元気に返して車に乗りこんだ。白いトレーナーを渡されてかぶった。

車は市街ではなく「まだ回れていないから」という理由で山間部へ向かう。飯能市は広い。東の、飯能駅があるあたりは開けて繁華ではあるものの西側のおおむねは山と川だ。自然豊かで霊験あらたかな心洗われる土地であることは、ライトバンの窓から手を振りながら痛感させられるも、人は延々と不在だった。山に、谷に、金物屋のおかみさんだという支援者の、マイクによる名前の連呼がとどろく。車の走るぎりぎりに立つガードレールの先は谷だ。底を流れる川の流れが速いのを見ておののきながら奈落へ手を振る。崖側に座り直せば法面《のりめん》は苔むし湿り、間に生えた木は道側へ覆い被さるようだった。薄い綿の手袋をはめた白い手を振り続けた。

いよいよ投票日が迫る頃になると支援者や来客が増え、近所の駐車場に幕付きの白いテントが張られた。すると、それまであまり積極的でなかった候補者のテンションがやにわに上がった。はがきなんか送ってるんじゃだめだ、手当たり次第に電話をかけて支援を訴えようと言い出したのだけど、まだ携帯電話はない時代だ。テントには電話は引けないのよと奥さんになだめられている。私は隅ではがきの宛名を書き続けた。

私の人生において私にだけ有名なグラタン事件が起きたのがこのときだ。熱心にはがきを書いている私を気遣ってくれたのか、支援者の女性が、集まっているみなさんにねぎらいの食事を作るけど何が食べたい？　と聞いてくれた。私は即答で「グラタンがいいです！」とはつらつとして答えたのだ。冬だった。「グラタン……」と女性はかみしめて、「いや、もっとこうほら、たくさんいっぺんに作れないと……」と笑う。「グラタンって大勢の分を一気に作れないじゃない」

大人数用の料理を作る必要があることをふまえず、グラタンという貴族のご飯みたいなものをしゃあしゃあとリクエストしてしまったことが、とんでもなく常識はずれのことを言ったように思えた。恥ずかしさで駐車場の砂利の下に埋まりたかった。このあと十年は、グラタン事件を思い出して恥ずかしい思いを再燃させることになる。十一年目からはいい思い出になった。グラタンの代わりに、あの日は豚汁とおにぎりが出た。

結果は落選だった。

投票日の当日には結果が出ず、翌朝判明した。学校へ行くのに事務所の前を通りかかると、残念な結果となりましたがこれからも地域のために頑張りますと、油性マジックで手書きで書いた模造紙が誰もいない選挙事務所の前に張り出されていた。その日の放課後に事務所の片付けをしてアルバイトは終わった。バイト代は茶封筒に入れて現金で渡された。受け取りながら、そういえば、今回は無断欠勤しなかったなと思った。

選挙事務所はもとの閉業した婦人服店に戻った。何も着ていないトルソーが立ててあること、壁に真っ白く日焼けした婦人向けのパジャマのポスターが貼られていることに、アルバイトをやめてから気がついた。

私は物覚えがあまりよくない。断片的に印象的なエピソードは記憶していても、詳細な人の顔や名前はすぐに忘れてしまう。それでも、あの候補者の〝先生〟の名前を、今も覚えている。

名前と顔のポスターを何枚も掲示板に貼って、名前と顔のはがきに何枚も宛名を書いて、そのうえ山へ谷へと名前を叫ぶ車に乗ったのだからそりゃあそうだろう。三十年後にも忘れず名前を覚えさせる。選挙運動、これかと思わされる。

先生の名前を検索した。ＳＮＳのアカウントがあった。元市議会議員と書いてある。

あれから、少なくとも一度は当選したということか。

意外だ。

とんかつ屋はなぜ閉店したか

落選を見届けた次のバイトが、ショッピングモールのテナントのとんかつ屋だ。モールに入る飲食店というとチェーン店のイメージだけど、このとき勤めたのはチェーンではない個人の店だった。

　それにしても度を超えて個人の店だ。

　店主はがっちりした体つきのおじいさんで、あとでおかみさんに聞いたところによると、この人がシンプルに「とんかつ屋を、やる！」と思い立ってそれだけではじまった店らしい。ぜんぜん誰とも相談してない。おれがやるからやっている店だ。歴史もない。修業もとくにしていないらしい。

　店は基本的には店主とその奥さんである背の高い痩せたおかみさんで回していた。アルバイトは私の他に高校生がふたりいて、おかみさんが不在の夕方から夜と週末を埋めるようにシフトが組まれた。私は週に二回、夕方から夜を担当しつつ、モールでイベントがあって混むことが予想される土日のランチのヘルプ要員として稼働した。

　店主がカウンター席に面した揚げ場でとんかつを揚げる。カウンターのお客へはそのまま出されるから、バイトは裏からご飯と味噌汁をカウンターに配膳する。テーブル席もあって、テーブル席向けのかつは揚げ場の後ろの小窓から裏へ差し出される。これを裏でトレイの上に定食仕様にセットして席まで持っていく。

かつ丼の注文が入ると裏でかつを卵とじにしなくてはならず、これが面倒だった。お客が入ると、頼むから定食をオーダーしてくれと念じたが、かつ丼と、あと海老丼というエビフライを卵でとじたメニューもあって、これら丼ものは人気なのだった。業務用の洗剤を薄めてボトルに詰め替えたり、一斗缶の揚げ油を運んだり、ゴミをまとめて出したり細かい仕事もあれこれあったけれど、なにしろ裏でせっせとかつを卵でとじまくったのが、仕事の印象として濃い。

仕事はおかみさんが教えてくれた。真面目で優しくて穏やかでチャーミングな人で、店主とのふたり態勢になってからもまめにねぎらいにやってきた。店主がバイト勢とちゃんとうまくやっているか、おかみさんは相当心配なようであれこれ気を遣ってくれた。

なんといっても店主は人見知りなのだ。採用したのは店主のはずなのに、すべてのアルバイトは店主にとって最初の三週間は敵である。とにかくアルバイト相手に愛想を使わない、冷たい、厳しい。

なんなんだこの人はと思いながら、仕事をするうえで必要なコミュニケーションが、取った注文を紙ベースで伝えることと、小窓からかつを受け取るだけだから、なんとか続けられる。そうするうちに、いつかぎょっとするほど優しくなる。土日の繁忙時間に他のアルバイトたちと情報交換したところ、全員だいたい三週間働き続けたタイミングで店主の様子が軟化したことが判明した。そういう性質なのだ。最初は苗字の呼び捨てだったのが、名前にちゃん付けで呼ばれるようになったときは驚いたが、それが慣れた合図らしい。

ショッピングモールにイベントのある日は別にして、それほど繁盛する店ではなかった。隣には人気のラーメンのチェーン店があって、別のフロアには大きなファストフード店もある。お客はそちらに集まっていた。

それでもある日の夜、いつもよりお客の入りがいい日があった。定食や丼ものに使う白飯がもうあと何人分かしかない。白飯は店主が量を塩梅して夜営業の開始タイミングで炊き上げ、バイトは様子を見ながら追加で炊飯する。閉店まではお客があと一回転するかしないかのタイミングで、ぎりぎりもう一度炊くほどではないと私は判断した。

と、ここでまかないの串揚げが出た。この店は常時店主とバイトのふたりで回すから、まかないは施設のバックヤードにある休憩所には行かず、手の空いたすきに店の洗い場の隅で食べる。

明らかにご飯の残りが少ないのだから、ここで私は串揚げだけ食べてご飯は遠慮すべきであった。大人になった今ではそれは十分わかるのだけど、高校生の私はそういう気の利かせ方がまったくできない。いつも食べているんだから今日ももらおうと、それほど白飯に執心しているわけでもなく、なんの気持ちもなく、ただのルーティーンとしてお茶碗にご飯をよそった。

「ちかちゃん、ごめんなあ、今日はご飯遠慮してもらえるかい、白飯もう少ないんだろ」

ちょうど洗い場へやってきた店主が私のわんぱくな白飯のよそいぶりに気づいてそう言って、それから隣のラーメン屋に行き、ラーメンを買ってきた。白飯の代わりの炭水化物ということらしい。

しまった、串揚げだけでも十分だったのにと、自分のあさはかさを反省しつつせっかく買ってもらったのだから伸びないうちにラーメンをすすって串カツも食べる。申し訳ないし、変な献立すぎる。

そこへおかみさんがやってきた。

「なあに、ちかちゃん、ラーメン食べて」と笑う。

孫みたいだ。

ご飯が無いから麺で勘弁してねと、炭水化物を単純にスライドさせる優しい店主の発想と、おかみさんのこの絶妙な驚き方、祖父母の家にいるみたいだった。

まかないが出るのと食事時間が勤務時間から引かれないのは魅力だったけれど、バイト代は安かった。高校生は七百円台だったんじゃないか。

帰りは飯能駅から自宅のある山へ向けて出る電車かバスに乗る必要がある。帰り支度に手間取ると、どういうわけかダイヤが近接している電車とバスはどちらも出発してしまい、次が来るのが一時間半後だった。

疲れて嫌になって、タクシーで帰って、タクシー代でその日のバイト代が全額飛ぶことが二回くらいあった。ゴミ袋がやぶけて制服のスカートがとんかつソースで汚れた日も、なにも考えられなくなってタクシーで帰った。

これはもしかしたら、続けていると逆に損かもしれない、仕事はミスらないようになってきたし、店主やおかみさんは優しいし、たまに会うバイト仲間も朗らかで、いい職場だけれどなんだかこのままではちぐはぐだと思う頃、店をたたむことにしたと店主から聞かされた。腰を痛めてしまって、立ち仕事がしんどいというのが理由だった。

とんかつ屋には、いちど母が食べにきてくれたことがあった。時代の波に乗って儲かりまくった鮮魚店を実家とし、贅沢な育ちで口の肥えた母はこの店に「あまりおいしくない」という感想を持っており、閉店について知らせるとさもありなんと言う。私は料理の味というのがよくわかっておらず、まかないはいつもおいしく食べていたし、そもそもおいしくないとんかつというものが存在するのか、今でもきっぱり判断する自信はない。肉が硬いとか、サクッと揚がっていないとか、そういうことか。たしかに客の入りは悪かったけれど、店主は腰をやったのだと言うし、それなりに高齢なようでもあり、体調が閉店の理由だろうと信じた。店は予定通り閉店した。

しばらくして、家でごろごろしていたら、玄関から母に呼ばれた。

「おお、ちかちゃん」と、玄関にいたのは、あのとんかつ屋の店主だった。宅配便のドライバーとして荷物を届けにきたのだ。母が店主の顔を見て「もしかして」と気がついたらしい。

店主を見送り私は、とんかつはやっぱりまずかったのかもしれないと察した。腰が悪くては、宅配便のドライバーはできない。

このホテルで働き続けるということ

高校からの進学にあたって私は受験勉強をしなかった。指定校推薦で都内の短大の枠をもらって、早いうちに進学先が決まってしまった。自動車教習所に通うことにしたから、並行してアルバイトもして父母に借りた教習所の代金を早く返してしまおうと、飯能で勤めた最後のバイトがホテルのレストランの給仕だ。

　このレストランは朝も昼も夜もバイキング形式で料理を出す。ブッフェという言葉はもうすでにあって、レストランの自称もブッフェだったかもしれないけれど、私たちアルバイトも社員のホテルマンもみんなバイキングと呼んでいた。

　シフトは朝番、昼番、夜番で組まれるが、なにしろいつ入ってもバイキングの面倒を見るのが仕事だ。朝昼番となると、朝のバイキングを見守ったあと、片付けて昼のバイキングを出す。昼夜番なら昼のバイキングのあと夜のバイキングをやる。支給される明るい水色のタイトスカートのワンピースと白いエプロンの制服を着て、食べ終わりのお皿をじゃんじゃん片付けて新しいお皿を出した。店自体も、完全にバイキングを実施するのに最適化されて設計してあった。中央に一段高い広場があって、それを取り囲むように席がしつらえてある。アルバイトは交代制で勤務することが決まっていたけれど、社員のホテルマンは人手がないと朝から夜まで通しで終日、三食バイキングを回していた。

　このレストランに、私は小学生の頃父に連れられて来たことがあった。あれは私と妹と妹の友達と父の四人で近くでボウリングをしたあとだ。父が、バイキングでいろいろ食べられるにもかかわらず、何を思ったかカレーライスを普通の一食分の盛り付け方で盛って席に戻ってきて、いかにしてすべての料理を制覇し味わうか、デザートまで網羅するかを考えていた私たちは度肝を抜かれた。大人はたくさん食べられるから大丈夫なのだなと感心したものだが、なんと、父は普通にお腹いっぱいになってしまったのだ。父としてもそんなつもりではなかったらしい。もっといろいろ食べるつもりで、でもよくわからなくなってカレーを普通に皿に盛ったと言っていた。笑った。

ささいなことだけど妙に可笑しくて、働きはじめた頃は父の他にもカレーだけで満腹になってしまうお客はいるのだろうかとよく見ていた。多くの人がお皿に様々な料理を少なく盛る。私は一年半くらい働いたけれど、カレーだけしっかり食べるお客はいなかった。そもそもカレーはあまり人気がない。人気のメニューはローストビーフや海鮮の入った中華料理、あとはパンやケーキだった。

私たちアルバイトはフロアを見回り皿を片付け、バイキングのエリアに並ぶ荒れた料理をトングできれいに整地する。慣れたバイトはキッチンへのオーダーも任されるようになる。混雑の様子や時間帯を料理の残量と照らし合わせ、料理がなくなる前に追加を頼むのだ。追加は全量と半量が頼めて、バイキングの残り時間が迫っていれば半量で頼む。

追加の料理が仕上がり、それを台まで運んで出すのがこのアルバイトの醍醐味だ。キッチンからホールに出てくるなりギュンとした視線が手の上の楕円の皿に集まる。

(なんか出てきた!)(なんの料理か!)

人々の食欲のポジティビティが私の手の上に集まり、皿を台に置いたところでみんな何気ないふりをしてそれとなくわらわらと集まる。人がシンプルに食欲にかきたてられるこのさまは、どこか信仰的に感じられて、私は自分が信心を集めているようで、妙にいい気になった。

アルバイトのシフトの調整は若手のホテルの社員が担当していた。この社員さんにバイトはみんなよくなついていた。優しくて、穏やかで、とっつきやすい。

一度帰りが一緒になったことがある。「ずっと目の前にたくさん食べ物があって、なくなるとまた出して、食事というものがだんだんわからなくなってくるんだよね」と言っていた。

高級というわけではない、中堅クラスのホテルだけれど、それなりにホテルマンとしての修業は厳しそうだ。社員の彼の制服は黒いスラックスと我々アルバイトと同じ水色のベストで、黒服と呼ばれるマネージャーを目指す立ち位置にいる。バイトはあまり叱られることはなかったのだけど、社員は料理長や黒服さんに強めに叱られているのをよく見た。

ある日ランチのバイキングで、お客さんにエプロンのすそを引っぱられこそっと「ねえ、あそこに座ってる人、パンをかばんに入れてるよ」と言われた。このバイキングはどういうわけかお客さん同士で見張り合っている。このような疑いがスタッフに知らされることはたまにあった。アルバイトから直に黒服さんに言うと面倒がられるし、けれど誰にも言わないとお客さんのもやもやした気持ちが片付かないから、アルバイトたちは何かあるとまずは水色のベストの社員に伝えた。情報は社員さんから遠慮がちに黒服さんに伝わり、すると黒服さんがゆっくりした動きで疑いのある人の周囲を少し歩く。目を見て笑って会釈するのだそうだ。するとだいたいはおさまるのだと社員さんから聞いた。「すごいよね、ことを荒立てずに問題を解決するんだよ」

この人はちゃんと憧れている。仕事にロマンを持っている。私はこの頃、仕事というものをつかみかねていたのだけど、ちょっと、なるほどなと思ったのだ。

高校を卒業して進学した東京の短大は、遠かった。地元から通いきれなくなった私は早々に東京に暮らす祖父母の元への居候を決め、飯能のホテルのアルバイトをやめる。

さらにその後、短大を卒業するも就職をせず、どうしたもんかとうろたえる頃、同級生がこのホテルで結婚式をした。東京であらたにはじめたアルバイトで稼いだお金をご祝儀袋に包んでかけつけた宴会場で、「古賀さん」と声をかけられ振り返ったら、あの時の社員さんがいる。黒服を着ている。

仕事は、続けると未来があるんだとはじめて解った。

下丸子、二分間、知らない人を大声でほめてけなす

東京、大田区《おおた》の多摩川駅《たまがわ》から東急多摩川線に乗って蒲田《かまた》方面へ、下丸子《しもまるこ》駅で降りようとしたら、観光客らしき外国人の三人組とすれ違った。電車に乗り込んでいく。ごくカジュアルな服装、キャリーカートを引いて、一人はショルダーバッグにネックピローをぶら下げていたから、おそらく訪日観光のお客さんだろう。どうやら、駅の近くに連泊専用のキッチン付きコンドミニアムがあるらしい。ネットのレビューには外国語のコメントがいくつもついていた。

多摩川線は短い路線で、起点の多摩川駅を出ると六駅目でもう終点の蒲田駅に着く。蒲田駅からは羽田《はねだ》空港に向けてバスが出るし、少し距離があるけれど京急蒲田駅まで歩けば電車で飛行場まではすぐだ。すれ違った彼らは旅を終えて帰る

ところだったのかもしれない。

コンドミニアムや民泊の続々とした出現によって、細かい街のあちこちに、泊まって滞在する可能性がちりばめられるようになった。東京の私鉄沿線の街の多くがそうであるように、下丸子駅周辺も縁もなくふらっと何となく訪れるような場所じゃない。そこへ突如として遠い異国からお客がやってきて、長い人生の数日間滞在してまた元いた場所に帰っていくと思うとときめく。

そういう私こそ、中途半端に遠く埼玉県から一時期、下丸子に通ったことがあった。下丸子は駅前に堂々として大田区民プラザが建つ。一九八七年開館、大田区の誇る総合文化施設だ。でかくて豪華な市民会館みたいなやつ。高校生の頃、演劇のワークショップを受けにこの大田区民プラザに一週間通った。

劇団が主催するワークショップだった。大田区民でなくても参加することができて、私は埼玉県から名乗りをあげた。高校で演劇部に所属していて、純粋に演劇が好きだったのだ。のちに転がり込んで居候させてもらう、品川区の祖父母の家に世話になって通った。

当時、下丸子駅は多摩川線ではなく目蒲《めかま》線が通っていた。目蒲線は二〇〇〇年まで走っていた東急電鉄の路線で、目黒から蒲田までを繋ぐ。だから〝目蒲〟線だ。祖父母の家も目蒲線の西小山《にしこやま》駅の近くにあったから、乗り換えをせずに通えた。路線は二〇〇〇年の八月に目黒線と多摩川線に分割されて、西小山は目黒線の沿線に、下丸子は多摩川線の沿線の駅になった。

埼玉県に暮らし、インターネットも未発達で自宅にパソコンがぎりぎりあるかないかのあの頃、どうやって大田区のワークショップを見つけられたのか、記憶が薄くもはや憶測になるが、きっとチラシだ。

高校生の頃、私は情報誌「ぴあ」の欄外に小さく掲載されていた、小さな劇団の公演招待情報にはがきを送りまくっては当選しまくって、招待券をせしめていた。多くが無名の劇団で、応募者がよほどいないのか、当選率は百パーセントに近かった。

週末や学校の終わったあと、西武線に乗って埼玉から東京へ、池袋経由で下北沢《しもきたざわ》や中央線沿線の街の小劇場へ行って、知らない小さな劇団の芝居を次々無料で観た。現代劇だけじゃなく、時代劇やSFのような世界観のものから、コンテンポラリーダンスや舞踏、宝塚歌劇団のコピー劇団の公演にも行った。大学のキャンパスで上演された学生演劇も観た。いろんな種類の創作があって、それぞれに熱心な人たちが集まっているのが面白くって、はげまされた。

当時の小劇場の演劇はそれぞれの劇団で独自の思想や方法を試しながら、表層としては笑わせる戯曲がベースのように私には見えた。最前線は三谷幸喜の東京サンシャインボーイズやケラリーノ・サンドロヴィッチのナイロン100℃、松尾スズキの大人計画だ。

観劇が好きだったのは、単純に笑えるものが多かったからというのもあった。今だったらお笑いに夢中になっていたかもしれない。吉本興業が東京にはじめての専用劇場である銀座7丁目劇場を作ったのが一九九四年だから、当時東京に通った私の体感ではお笑いライブはいよいよこれからという気配だった。

演劇はどんな公演も、行くとどっしり束になった公演情報のチラシがもらえた。その中にきっと大田区民プラザの情報も入っていたのだ。

ワークショップの参加者は大田区や品川区の演劇部に所属する高校生が多かった。前期と後期に分かれており、遠方から通う理由で私は前期のみを選択したのだけど、ほとんどの参加者は通しで参加すると言っていた。参加者は全員で三十人ほど。講師は劇団の主宰者と、日替わりで劇団員がやってきた。九〇年代半ばの時点ですでに歴史のある劇団で、みんなとても上手な人たちだった。私たち若者を、自信を持ってちゃんと未熟な若者として扱える経験を積んでいる人ばかりだ。遠慮なく先生然として振る舞ってくれたから、私たちもすんなり素直に敬意を持って接することができた。

ワークショップの後期はその後の区民まつりで短い芝居の発表の場が準備されていたけれど、前期は特にゴールらしいゴールはない。ただ一週間、毎日なんらかのエチュードや本読みを試す内容だった。

一週間のワークショップ期間のちょうど中盤の頃だっただろうか。ふたりひと組になり、相手と二分間ほめ合って、その後、二分間けなし合ってみようという練習があった。

高校の演劇部員が集まる場所でやるには、身震いするほどあやういように思い出す。全員同時にやるから、相手に声を届かせるためにおのずと声が大きくなった。技術さえあれば、大声を出さなくてもできる練習なのかもしれないけれど、誰もがわめいた。これは演技の練習で、真実を言う必要はひとつもない、むしろ相手への感想を排除して演じるところに稽古の真意はあって、それは事前に説明されたはずだ。ただ、はじまると相手が早口の大声を投げかけてくるから、焦って脳が抜けたように頭が回らなくなった。

大声でほめられる経験はこれまでになく、またコミュニケーションとして現実に実在するものでもないから、とにかくはじまると同時に「服のセンスがいいね」とか「演技上手だよね」「体やわらかいね」などとまくし立て合うことになる。二分間は長い。すぐに言うことがなくなって、時代的にも容姿について何か言うことにストッパーの観念がないから「すごくかわいい」とか「鼻が高い」みたいな話にもなってくる。

ほめのターンが終わると今度はけなし合いが課せられるわけで、結果的にほめられたこともぜんぶ嫌味であるように思えた。私はけなしのターンの二分間、ずっと「服がださい」「頭がわるい」と叫び続けてぜんぶそのまま自分に返ってくるようだった。相手には二分ずっと、「くさい」と言われ続けた。

終わったらみんなげらげら笑ったのだけど、全員、傷にはなったと思う。一週間、毎日二時間参加した記憶がここだけはクリアだ。

私が組んだのは、この日はじめて会話した、くるくる巻き毛のパーマをかけた一つ年上の女の人だった。終わったあと、更衣室で気まずい空気をまぜるようにしてリップグロスを貸してくれた。この頃、女子高校生の間ではボディショップのリップグロスが大流行していた。

ワークショップは毎日十九時から二十一時の開催だった。私は西小山の祖父母宅で祖母に早い夕飯を食べさせてもらって出かけて、終わるとすぐに帰って、夜食として祖母がふかしてくれた中村屋の肉まんを食べて寝た。太った。

はじまる前とか終わったあとにちょっと下丸子の街を散歩してみようとか、少し早めに行って喫茶店でコーヒーを飲もうなどという発想はなくて、せっかく知り合った誰かと一緒にファミレスでちょっと喋るようなこともなかった。ただ行って帰った。

三十年前、西小山駅から電車に乗って下丸子駅に向かった高校生の私は、蒲田方面行きの目蒲線に乗ったはずだ。同じように、今日、蒲田方面に向かう多摩川線に乗って、高校のとき以来で駅に降りた。観光客らしき外国人の三人組とすれ違った。

景色に覚えはなくても仕方がないかとは思っていたけれど、改札から出る手前の瞬間に、いつかここを私は通ったと記憶がひらめく。改札から出ると、まん前に大田区民プラザはあった。看板のロゴにも見覚えがあった。建物はいかにも八〇年代に建てられた公共施設らしい独特の重厚感だ。間違いなくここだと思うことが、ちゃんとできた。

下丸子の駅は、相対式というのだろうか、上り線と下り線にそれぞれ別に改札口とホームがあるタイプの小さな駅だけれど、駅前の道はしっかりと道幅がある。

ぐるっと周辺を歩いてみたら、あたりも広々として、東京の私鉄沿線の各駅停車駅によく見られる下町のぎゅっとした街並みとは違う余裕を感じさせた。駅の近くを図太く多摩堤通りが通る。古くからあるらしい下丸子商栄会という商店街も、古い商店街にしては道幅がしっかりあった。全体的にがらんとしている。

大田区民プラザの裏にはＮＴＴの鉄塔があって、そのさらに奥にガス橋通りが走る。街路樹のケヤキ並木がざぶざぶ風に揺れてそよいだ。このケヤキは終戦後に地元の方々や企業が揃って植樹したのだそうで、てっぺんを見るには首をぐっと反らす必要があるくらい背が高い。三十年でどれくらい育っただろう。ケヤキのおかげで通りのデニーズにも風情がある。

商店街の入り口の近くには児童公園があった。隣のパチンコ屋の壁面には大きく恐竜が描かれていて、まさか、パチンコ屋が公園を公園らしく演出している。出入り口の児童公園の看板が立体のタコでかわいらしい。

大田区民プラザにも入ることができた。三十年ぶりに入ったのに、中は真新しいようにも見えて、聞けば二〇二三年の春から耐震工事のために一時閉館し、二〇二四年の夏に再オープンしたばかりだそうだ。

ワークショップの前期で参加を終えた私は、後期の終了後に行われた区民まつりの公演を観に、また大田区民プラザを訪れる。前期に一緒だったメンバーが揃って舞台に登場した。無人島に流れ着いた人たちを描く短い芝居だった。

リップグロスを貸してくれたあの子の姿も、大ホールの客席の後ろから小さく小さく見えた。リップグロスは、あのあと私も欲しくなって、前期のワークショップを終えて祖父母の家から埼玉に戻る途中、池袋のボディショップで同じものを買った。

中途半端に遠く埼玉県からやってきて一週間下丸子に通った、あの頃やらなかった街の散策を、今日はした。からっとして少し寂しい、いいところだ。

日本橋、来年も買ってやるからな

母は魚屋の娘だ。実家が、東京の赤坂で魚の卸業をやっていた。河岸《かし》へ行って仕入れた鮮魚を街の料亭に配達するのが主な商売で、店での販売も対応するけれど、近くの住民がやってきて魚を買っていく光景はあまり見たことがない。祖父と祖母のほか、私が子どもの頃は数人を雇って店を回して、事務の専任者もひとりいた。お得意先は料亭だから、扱うのは高級魚がメインで、バブルの頃が商売の全盛だったようだ。当時は相当儲かったらしい。

祖母はとにかくお金を使うことが好きだった。魚屋が休みの日はだいたいデパートに買い物に出かける。幼い頃は私もよく連れて行ってもらった。なんでもすぐに新しいものを買って、古いものはじゃんじゃん捨てる。豪快豪気な成金の、四代続く江戸っ子が祖母だ。
贔屓は日本橋《にほんばし》の高島屋で、もちろん本物の、筋金入りのお金持ちとは違うから、外商さんがつくような上顧客ではないけれど、とにかく愛して通っていた。私に文具や本を選ばせると自分はフェラガモで靴やスカーフを買い、それから八階の特別食堂に行く。祖母は野田岩のうな重を、私はハンバーグとコーンポタージュスープを頼んだ。思えばあれは帝国ホテルの品だ。ウエーターやウエートレスが注文を取りにきてメモを取らずに覚えて戻っていくことに、これは高級な場所だからだと子どもの頭で感心した。

そんな祖母を祖母としながら、いっぽうの私は質素倹約につとめる子として、育ったのだった。贅沢な祖母に育てられた母は、華美な暮らしへのバックラッシュそのものというところがあった。自分の子には派手なことはさせまいと、質素を好み、倹約的に行動して、わがままをよしとしない、がまんをして、自分のことは自分でするように、そう律して育てられた。

三歳の頃、祖父に抱かれて移動していた私は「じぶんであるく」と言ったそうだ。驚いて祖父が地面におろすと、すたすた歩いて大人についていったと。それは親族のあいだでの伝説となり、及子はえらい、及子はしっかりしていると、たびたびほめられた。

それがそのまま、私の誇りになった。誰かに頼らない、欲しがらない、がまんする、甘えない、それが私を支えた。この信条は、成長するなかで、自分でできないなら何もしない、ということにもつながっていく。

育ちながらにして、どんどん下には妹と弟が生まれていった。生まれる手は止まらず、三年おきにつぎつぎ赤ん坊は登場し、結果全体が五人きょうだいになるまで生まれ止まらない。母は常に妊娠しているか授乳しているか未就学児を追いかけているかの状態で、いよいよ長子の私は贅沢やわがままどころではなくなった。

祖母は、そんな私をいつも陰からこっそり見つめていた。

視線を感じてふりかえると祖母は見ている。目が合う。「なんかほしいもんないか」と、祖母は言う。

祖母が私にすきあらば何か買い与えたいと、贅沢をさせたがっているのは母を通じてよく聞かされた。けれど私は祖母に欲しいものはと聞かれても、いつも誇りをもって「ない」と答えた。小学校の何年生だったか、新しい下着をと母に渡されて、ぶら下がるタグに五千円と書いてあって驚いたことがあった。どうしても私にお金を使いたい祖母が送ってきてくれたらしい。

一九八九年、私が十歳の頃、任天堂からゲームボーイが発表され、発売前から大変な話題になった。どこのおもちゃ屋でも買えず、ちまたには欲しくても手に入れられない子どもがあふれた。

そんななか「ゲームボーイが手に入ったよ」と電話をくれた祖母にも私は「いらない」と言ったのだ。さすがの私もゲームボーイなら欲しがるだろうと期待した祖母ががっかりする声が忘れられない。

「いいのかい？　どれだけ並んでも買えないって、それを高島屋で頼んで特別に売ってもらえることになったんだよ、いらないんならよその子にやっちゃうよ」

妹が電話を代わって「私、ほしい！」と元気に言った。

その日の夜、寝床で私は「これはなんだろう」と思った。贅沢は良いことではない。わがままは言ってはいけない。けれど今日、おばあちゃんは悲しそうだった。

なんだろう、これは。

私はとことん勘が悪い。いや、悪いわけではないのだ。勘よくいることに、物事をわかっているかのように振る舞うのに、罪悪感があった。自分は鈍感で、何も知らずにいるべきだと思っていた。愚鈍で、素直でいなければいけない。

ねだることが孝行だと、私が言葉としてくっきり理解できるまでにこのあともう五年かかる。高校生になってようやく私は、ゲームボーイを欲しがらない私になぜ祖母が絶望したか理解できた。おばあちゃんあれ買って、おばあちゃんありがとうと、祖母は言ってほしかったんだ。ずっと。

高校一年生の冬、「おばあちゃん、コートが欲しい」と、やっと言うことができた。祖母の顔がぱっと明るくなったのが忘れられない。白髪を薄い紫に染めた毛がちょっと逆立ったようにすら見えた。勇んで日本橋に連れて行ってくれた。

婦人服売り場で何着も試着して、これという一着、グレーのちょっと変わった形のピーコートを選んだ。

祖母は「来年も買ってやるからな」と言って、けれど翌年、肺がんで七十四歳で亡くなった。

乳がんを乗り越えた人だった。私が物心つく頃には乳房が片方無くて、それでも堂々として温泉に一緒に入ってくれた。どぎついオレンジ色のバブを溶かして祖父母の家の小さなお風呂も一緒に入った。窓を開けて入っているのを母に見つかって「ちょっとお母さん、窓閉めてよ」と言われると「見られたってかまやしないよ」と言い返した（母は「自分はかまわなくても、見た人のほうが困るでしょ！」とさらに返した）。

乳がんは寛解しており、肺がんはあらたに罹ったらしい。

煙草が大好きな人だった。魚屋の二階の自宅に近所の喫茶店からコーヒーを出前でとって、一服しながら電話で馬券を買って、じゃあ、おばあちゃん帳面つけてくるからなと言って、店に戻っていく。

元加治、真昼の暴走族

私に車を運転させてはいけない。

自動車教習所に通い、辛くも試験には受かった。けれど免許を取ってすぐ、練習がてら実家の車に父を乗せて公民館へ行ったところ、駐車場で桜の木に激突したのだ。車に傷がついただけで車内の私たちも桜の木も無事だったものの、この人に運転させてはだめだと、自分でわかった。

教習所に通いはじめたのは十八歳、高校三年生の頃だ。一月に誕生日を迎えて十八歳になるや否や勇んで教習所に向かった。どうしても車を運転したかったわけじゃない。親戚のおじさんから、四十代になってから教習所に通い、若い教官に叱られまくって情けなかったと常々聞かされていたのだ。おじさんは教習で一度本気で泣いたらしい。教習所だけは早く行っておけ、おじさんは法事のたびに親戚の子どもたちにそう話し、私はぞっとして従った。

高校三年生というと、ふつうだったら受験で大変な頃かもしれないけれど、指定校推薦の枠をもらった私は、面接と作文のみでうまいこと進路を確定させていた。

実家のあたりでは、自動車教習所といえば西武線の元加治《もとかじ》という入間《いるま》市の駅の近くにある教習所一択だった。家からはやや遠いものの、近隣を網の目をはりめぐらせて送迎バスが運行しており通うことができた。

あたりには誰もいない、薄暗く曇って乾いた風の吹く冬の住宅街に、ふにゃふにゃした黄色いビニール製の教習所のテキスト入れを小脇にはさんで待っていると、教習所の名前の入った緑のバンがしゃーっとやってきて停まる。これを私はわくわくしない銀河鉄道と呼んでいた。免許を取得しておきながら桜の木に激突するくらいだから、とにかく運転が下手で、教習所ではそれはもう大変な落ちこぼれだった。教官はみんな優しく丁寧で、親戚のおじさんに聞かされたほど叱られるようなことはなかったけれど、自分のできなさ、下手さを理解する時間は面白いものではない。

費用は両親に借りて一括で払ってしまったから引っ込みもつかない。高校在学中の放課後と、卒業後の春休みに無心で通って、夏にはなんとか免許を取得することができた。平成九年、一九九七年のことだ。

若い私は案外身の程を知っていたもので、マニュアル車での坂道発進などできるわけがないと、最初からオートマ車限定で通学を開始、そのまま取得した。いま免許証を見ると〝AT車に限る〟の文言のほか、〝中型車は中型車（八ｔ）に限る〟ともある。この免許があれば私は免許証の上では四トントラックを運転できてしまうらしい。四トンなんて教習所でも運転したことがないのだから、いにしえの免許システムのゆるさはすごい。

通った教習所は今もあるようだ。ホームページを見たところ、当時優しく接してくれて、周囲にも人気があった教官が写っていて驚いた。人の人生が強固にそのまま続いていることには常々驚かされる。建物はそのまま、けれどきっとリフォームや塗り替えなどはしているのだろう、当時よりもずっと明るくきれいになっているようだ。ストリートビューで見ると、以前は山の中に突如現れるような風情だったのが、周囲に住宅が増えて、いまや住宅街の真ん中にある。

学校がそうだし、集団が集まる場所では、いちばん垢抜けないタイプとヤンキーが案外仲良くなる。人々が順当にグループを作っていくと、じわじわと馴染めずあぶり出される二者だからだ。いちばん垢抜けない私は、教習所でヤンキーのお姉さんと薄くだけれど、仲良くなった。

名前も顔も覚えていない。茶髪のロングヘアで、よくタイトなロングのワンピースを着ていた。MCMとロゴがびっしり入った、白いトートバッグをいつも持っていた。学科教習の休憩時間、表のベンチで煙草を吸うお姉さんに、よく声をかけられて話をした。お姉さんはマニュアルで教習を受けているそうで、順調に路上教習を進めているらしい。運転、向いてるかもしれない、すごく楽しいと言う。私がクランクで乗り上げて仮免を落ちた日は笑いながら、コンビニで買ったという小さなドーナツをくれた。

ある日、学科の授業を受けていると遠くからエアホーンで鳴らすゴッドファーザーのテーマが聞こえてきた。ブルンブルンとバイクのエンジン音も聞こえる。夜じゃない、まだ陽のある午後のうちだ。なんで暴走族がと、教室内はざわついて、立ち上がって窓のほうを見る者もいる。教官が「座ってくださ〜い」とざわめきを抑えた。

運良く私は窓際の席に陣取っていたから、座っても窓の向こうが見えた。ススキがざわめく山道を抜け、十数名からなるバイクの集団がゆっくり教習所の建物の前の広場にやってくる。学科教習の教室は建物の二階だ。見下ろして眺める。暴走族を昼間の明るさの下ではじめて見た。バイクの黒いボディに歌舞伎みたいなフォントで本当に夜露死苦と書いてある。

族の人たちはそのままでかい音でゴッドファーザーのテーマを鳴らし続け、バイクでぐるぐるそこいらをゆっくり走った。すると一階から、ＭＣＭのバッグのあのお姉さんが出てきた。一台のバイクのうしろにまたがる。そうだ、今日はお姉さんの卒業検定の日だったんだ。ゴッドファーザーのテーマの演奏は、仲間による合格のお祝いだったのか。

また教室はざわついて、私は騒ぎに乗じて思い切って窓を開ける。手をあげるとお姉さんが気がついて手を振りかえしてくれた。そのままブルンブルンとゆっくり走り去った。エアホーンの音が今度は遠くなっていく。

九〇年代も後半の話だから、暴走族の全盛期からは少しあとだ。眺めてやり過ごした教室の空気も、どこか半笑いの、しらけたものだった。

合格して卒業したのだろうからそりゃそうなんだけど、お姉さんは以降もう教習所には来なかった。私はひとりになった。人とつるむ必要もなく、困ることなくひとりで卒業まで通った。仮免に合格して路上教習に出てしまうと度胸がついて、これは今思えば根拠のない虚構の度胸なわけだけれど、高速教習をしれっと終え、卒業検定もなんと一発で受かった。くじ引きで、住宅がなく見通しの良い茶畑の広がる田舎道のコースを引き当てたのがよかった。

結局、取得した免許は桜の木に激突した以外は使っていないのだから無駄だ。でも、自分が車を運転させてはいけない人間であるとわかったことは、このあとの人生に少なからず影響したと思う。どうやら私は上手にできることが限られている。もし今後、何か得意だと思えることがあったら、すがって大切にしようと、諦めと根性が同時に芽生えた。

お姉さんは運転がうまかった。坂道発進も得意だと言っていたし、縦列駐車もなんで私が難儀しているのか理解ができないらしかった。よく笑われた。でもさ、指定校推薦もらって短大行けるなんていいじゃん、これから毎日楽しそうじゃん、とお姉さんは言った。

お姉さんのような関わり方をした人のことを一番、いまも元気にしているだろうかと思い出す。たまに少し祈りもする。

所沢店、売れ！ 私たちの福袋

二〇二三年二月二十八日、津田沼《つだぬま》パルコが閉店した。

SNSで知り、まさか、あの津田沼パルコがと驚いた。

行ったことはないのだ。ただ、その名前だけは何度も聞いて、それで津田沼パルコのみならず、津田沼という地名にも強さを感じて私は一目おき続けていた。

おとといも昨日も、売り上げ一位は津田沼パルコ店でした。朝礼で夕礼で、店長が言うのを何回聞いたかわからない。日報でも、日曜の昼に出る週末速報でも一位はいつも津田沼パルコ店だ。

Qというストリート系レディースファッションブランドの、私は西武所沢店のアルバイト店員だった。Qは関東を中心に十店舗ほどの販売店があって、そのすべてが商業施設にテナントとして入居している。西武所沢店は面積が狭く、フロアの奥まった場所にあるうえ、周囲に魅力的なライバルテナントがひしめいていたからつねに苦戦を強いられていた。

店長は、津田沼パルコ店は敷地が広いしスタッフの数も多いけれど、それにしたって売り上げている。床面積比でもうちはずっと下回りっぱなしだよ、津田沼を超えよう、がんばりましょう、といつも言っていた。トップはつねに津田沼、所沢は怒られをぎりぎり回避するレベルで成績を推移させていた。

アルバイトに入ったのは短大一年生の春だ。未経験ではあったものの、人手が足りていなかったらしく、簡単な店頭での顔合わせに近い面接を経てすぐ採用してもらえた。

バイト初日、何か教えられることもなく、見よう見まねでやってみなという感じで売り場に放たれた。

アパレルの店員の接客は独特だ。お客として買い物をしたことがあれば、最初の一歩レベルの接客くらいはなんとなく自分が受けた体験から手探りで真似できる。棚を冷やかすお客にそっと近づき「何かお探しですか」と声をかける。声をかけてほしくないタイプのお客さんは軽く会釈するくらいで遠のいていくから、目の端で捕捉しておいて手助けが明らかに必要になるまでもう声はかけない。いっぽう「カーディガンを探していて」など会話に答えてくれるお客であれば、鋭意ラインナップからすすめて試着に誘う。冷や汗をかく瞬間はあったけれど、なんとかできた。

もちろんすぐに見よう見まねではどうにもならない勘所とセンス、経験のなさの壁にぶつかることになるのだけど、なにしろ私は飛び込んで店員のまね事で働くことになった。

店のメンバーはこのとき私をいれて四人。店長は歴戦のベテラン販売員らしい。黒やグレーがベースのコンパクトなファッションを好む、モードな雰囲気の人だ。おそらく所沢店の売り上げの大半は店長が支えており、接客技術はもちろん、なんとかして商機を逃すまいとするガッツがすごかった。店長の接客により、〝おまとめ〟と呼ばれる大量買いが発生した現場を二回見た。あれもこれもと無料配布でもされているみたいに商品が棚から選ばれレジに山と積まれていって、お客さんは店で一番大きな買い物袋何袋もの服を大量に買って帰った。

店員の佐田さんは痩せて背が高く金髪、いつもぴたっとしたタイトな服装で、凝ったネイルをしている。気さくで優しくていつも機嫌がいい。短大生の私も見下すことなく対等に扱ってくれて付き合いやすかった。何に対しても適当で、仕事をさぼる勘所を上手に教えてくれる。Qの店内はBGMに佐田さんが持ってきたぶち上がり系のハウスミュージックのCDをかけていた。途中女性の喘ぎ声がミックスされている曲がある。私は流れるたびに気まずかったのだけど、店長ともう一人の店員である三木さんが音楽にまったく無頓着だったから、Q西武所沢店ではこのCDが毎日エンドレスでかかり続けた。

三木さんはナチュラルな素材を中心に柔らかい印象の装いを楽しむ。性格は、気難しい。ためらいなく人を睨むし、無視する。なんとかせねばと日頃の挨拶と礼儀を徹底したところ、じわじわと心を開いてくれて、以降はむしろ誰よりも優しく接してくれた。人見知りなのだ。

店長、佐田さん、三木さんに、新しく交ざった私は当時ガーリーな古着に憧れて高円寺《こうえんじ》や下北沢で買ったワンピースをよく着ていた。全員テイストはがっちゃがちゃだ。雑誌で言うなら「装苑」の店長、「Popteen」の佐田さん、「リンネル」の三木さん、そして「sweet」みたいな感じを目指した私が、どういうわけか集まった。

西武所沢店の売り上げの弱さの原因は、この統一感のなさにもあったんじゃないか。店長たちは三人とも社割で買ったQの服を着て店頭に立っていたし、働くうちに私も買うようになるのだけど、同じブランドの服を着ていながらも、掲載誌はいつまで経っても交差しない。そもそもQは雑誌「mini」にコーディネートが載るようなブランドだ。四人＋一ブランド、ぜんぶのイメージが、このテナントでは大渋滞している。

店長は厳しくて才能のある人だったから、店員の印象をコントロールすることもできたはずで、でも、それをしなかった。装いは自由であるべきという哲学を持っているのを端々から感じて、その店長の下で渋滞しながらも私たちはひとつになれていたんだと思う。ゆるやかではあるものの、一体感のある売り場だった。

アルバイト勤務のあいだに、二回、正月の初売りを体験した。福袋を二年連続で売った。

アパレルブランドの買い物袋が、中高生のサブバッグとして注目されるようになったのはビームスの、紐がついて背負えるオレンジ色のショッパーあたりがきっかけだろうか。あれは一九八六年にはじめて作られたらしい。

追随が遅れたか、私がアルバイトで入った九〇年代後半、Qには名前が入った袋がなんとまだなかった。お客さんには、Qの姉妹ブランドであるミセス向けブランドの名前のショッパーに服を入れて渡していた。

福袋も、一年目はこのミセス向けのブランドのショッパーに詰まった袋を売ったのだ。これが本当に売れない。そりゃそうだと思う。十代や二十代の若い女性がターゲットのブランドなのに、福袋には二回りは上の世代をターゲットにしたブランド名がプリントされている。袋のビニールの色がまた濃い紫色で、ちょっと落ち着きすぎている。

元日、周囲のテナントが続々と売り切れを出しているのにQの福袋はびくともせず、店長によると去年までは白と赤の市松模様の、いわゆる福袋らしい紙袋を使っていたから、それに比べれば進化だと言うのだけど、売り上げはまるっきり伸び悩んだ。

元日をすぎ二日、三日と、周囲のテナントの福袋がどこも完売し、買う福袋がなくなってやっとお客さんがQにもめぐってきた。それでなんとかぎりぎり完売に漕ぎ着けた。

Qにようやくショッパーができたのはこの年の夏のことだ。屈辱の初売りのあと、やっと本部が重い腰をあげ、西武所沢店にも届けられた。薄いピンク色をした厚手のビニールに巾着のように紐がついて、真ん中にゴシック体で大きくQとプリントされている。ビームスの袋のように背負えないけれど、袋としての強度があり、これが大いにうけた。買い物をしたお客さんが外を持って歩くと、それを見てお客さんがくる。

冗談ではなく、本気で「袋だけもらえませんか」とやってくる若者もいた。買い物をしたお客さんに「もう一枚ください」と言われたこともあった。店頭で扱う商品のデザインの方向性は変わらないのに、売り上げもじりじり上がり、この頃Qは全店で売り上げを伸ばしたのだ。

そうして迎えた正月の福袋商戦、Qはぶっちぎり一位で完売を出したのだった。テナントごとの売り上げ報告でいつも負けているアメリカのトラッドブランドも、国内の大手アパレルメーカーの有名ブランドも、はじめてしのいだ。

店長と佐田さんと三木さんと私、この頃になっても変わらずテイストが交差しない四人の心が、いつも以上にひとつになった。「袋が……！」「袋で……！」「袋のちから……！」と、比喩でなく本当に輪になって手を取り合った。

私たちは、雰囲気はばらばらだけど、それぞれちゃんとQの服を好きだったのだ。新作が届いて店長がトルソーに着せると、「かわいい」「かわいい」と店員は全部で四人しかいないのに湧くように集まってくる。三木さんが好きそうな、襟にステッチの入ったシャツを佐田さんがギャル風に着こなしたのにはテンションが上がったし、店長がストリート系のミニスカートをモードなメイクに合わせているのもかっこよかった。

せっかくかわいい服がたくさん詰まっているのにと、一年前は悔しかった。福袋が売れたのは明らかに新しいショッパーのおかげだけれど、好きなQの服がまさに飛ぶように売れるのを目の当たりにして、西武所沢店の私たちはやっと自信が持てたのだ。

この成功で床面積比くらいは津田沼パルコ店に優ったのではと思ったけれど、福袋の袋がピンクのショッパーに変わったのはどの店舗も同じで、初売りはQ全店で大幅売り上げ増となった。一位は不動の津田沼パルコ店だった。

初売りのあと、店には外資化粧品ブランドでのビューティーアドバイザーの経験のある土岐さんが入り、辣腕をふるいはじめた。土岐さんは髪はゆるくナチュラルなもののぱきっと垢抜けた化粧をし、シャツやパンツスタイルが似合う洗練された雰囲気だ。雑誌で言うところの「VERY」がやってきたわけだ。どうしてもこの店には違う雑誌が集まってくる。

もともと正月の前くらいから、私は少しずつ勤務シフトを減らしてもらっていた。通学時間を短縮すべく、埼玉の実家から東京の祖父母の家に居候をはじめていた私にとって、所沢は通いづらいバイト先になっていた。へっぽこバイトの私とほとんどバトンタッチするかたちで、元ＢＡという接客の猛者が入ってきた格好だった。

あと数回の勤務でこのアルバイトは卒業となった三月、久しぶりに開店担当で勤務に入った日、館内全店の朝礼放送で土岐さんに届いたお客さんからの礼状が読み上げられた。すばらしい接客で楽しく買い物ができた。丁寧に選んでもらったコートはとても気に入って毎日着ています、という内容だった。

予定通り私はそのあとバイトをやめて、数ヶ月後に一度だけ、実家に帰るついでに店に顔を出したことがあった。

佐田さんは非番、店長が休憩中だそうで三木さんが一人で店番をしており、このないだ津田沼を抜いて売り上げ一位になった日があったんだよと教えてくれた。でも土岐さんがやめちゃったから、津田沼を抜くことはもうないだろうとも言っていた。喘ぎ声のＣＤがかかっている。

田園調布、知らない人の家でまずい水を飲む

こんなにまずい、というか、理解しがたい味の水があるのか。

飲みにくいよとは言われたけれど、水だろう。軽視していた。焼酎グラスくらいの大きさのタンブラーになみなみそそがれた水を前に冷や汗が出る。私はこれを、飲み切れるだろうか。

十代の終わりから二十代の終わりまで、途中一人暮らしの期間をはさみながら、私は父方の祖父母の家に居候した。途中、祖父が倒れてからはあまりあちこち行くこともなくなったけれど、健在の頃は、祖父母はそろって、それなりに観劇や映画鑑賞、会合などに出かけていた。

大野さんご夫妻の家を三人で訪ねたのは居候してすぐの頃だ。及子が東京に出

てきたのならご挨拶しておかなくちゃならんと、祖父母に田園調布《でんえんちょうふ》へ連れて行かれた。

駅前から、坂をくだってどれくらい歩いただろう。いちょう並木はまだ青々として、初夏の頃だった。緑が道の上の空をわっとあざやかにふさいで、祖父母は坂を吸い込まれるようにくだっていく。後ろについて私はとぼとぼ歩いた。まだ私にはしつこく子どもの気配が残って、気遣わずに無責任に言われた通り大人についていくだけ、居るだけの役割を担うことができた。ただの存在として、下り坂に任せて足を前に出す。通りがかった小さな骨董屋がガラス細工のピエロを店頭に飾っているのがやけに記憶に残って、私にとって田園調布的なものの象徴として、ピエロのガラス細工はもうずっとイメージにある。

家は豪邸というほどではないものの、田園調布のあの放射状の道路の内部に建てられた戸建てだから、それなりに権威がある邸宅だったのだろうか。大野さんたちは祖父母にとって輝かしく存在しているようだった。年齢的には大野さん夫婦のほうがずっと若いけれど、祖父も祖母も丁重に気を遣い、うやうやしく接している。かっぷくが良く、髭をはやしてサマーニットを肩にかけたおじさんと、髪を豊かにカールさせ、紫色のレンズの入った眼鏡をかけたおばさんの夫婦には、なるほどこういう人が現実にいる本物のお金持ちなのかと思わせる落ち着きと迫力があった。

昼下がりだ。きっとなにかおやつでも出してもらえるんだろうな、楽しみだなあと思っていた。私は人んちに対し、しっかり厚かましくもてなしを期待する。

そうして出てきたのが水だったのだ。

「ちょっと飲みにくいけど、大丈夫かな」と心配してくれたのは大野夫妻のおじさんのほうで、おばさんも「飲めなかったら残してね」とグラスにそそいでくれた。

飲みにくい水ってなんだろう。水に、飲みにくくなるような余地があるんだろうか。よくわからなかった。好き嫌いなくなんでも食べられることを、数少ないできることのひとつとして誇りにしていたから「大丈夫です！」と元気いっぱい答えた。

そうして飲んだら、これがまずいのだ。

いや、まずいんじゃない。大野さんのおじさんが言うとおり、飲みにくい。唇に、舌上に、舌下に、下顎に、上顎にひっかかり、飲み込もうにも丁寧に丁寧に喉につっかかる。なんだこれ。初体験にうろたえるしかない。

大野夫妻も、それに祖父母も一緒に飲んだ。夫妻はもちろん、祖父母もあくまでも訪問先で出されたお茶のような受け止めで自然な手つきで少しずつ飲んでいる。私も衝撃を隠して騒がずしれっとする。（あ、へえ、こういう味なんですね）という顔くらいはしたと思う。（うん、でもぜんぜん、飲めます、飲めます）と、とぼけた。

難儀に難儀を重ねてなんとか飲み進めた。おかわりをそそがれると困るから、祖父母がそれじゃあと、辞去を申し出るあたりで飲み切るように時間と水量を絶妙に調整した。無責任にただ祖父母についてやってきた者として、水を飲む責任くらいは果たしたかった。

居間には分厚くて大きなダイニングテーブルが置かれ、テーブルの上で汗をかいたグラスの水滴がじんわりレースのコースターに落ちて吸われる。

コントレックスだった。

フランスのヴォージュで採れる、超硬水として今や日本でも名の知れたミネラルウォーターだ。

大野さん夫妻の親族が当時日本で販売代理店をしており、祖父母は紹介されて何度も飲んだことがあったらしい。とにかく美容と健康にいいのだと、これから日本でも大流行するはずだと大野さん夫妻に聞かされて、このあと一ケース祖父母宅に届いた。まずがって面白がって飲むうちに、思いもよらずすぐに味には慣れた。

そうしてそのうち、本当にコントレックスは流行したのだ。ミネラル分の多さから体型維持に役立つと、ファッションモデルの愛飲が噂になり、モデル水と呼ばれて周知を一気に拡大した。いっときテレビCMも流れたのではなかったか。いよいよコンビニでも売られるようになったのを見たときは、以前から知っていたことを大声で言いたいあの独特の気持ちにさいなまれ、コンビニの冷蔵ケースを前にきょろきょろした。

それにしても、大野さん夫妻とは一体何者だったのか。

肝心なところを私は忘れて、もうずっと、知らない人の家でまずい水を飲んで驚いた記憶だけ携えてきた。大野さん夫妻と私はそれっきりだった。

最近、母に聞いたところ、大野さん夫妻は私の父母の結婚の仲人《なこうど》だったそうだ。及子が東京に暮らすのだからご挨拶をしないとと、祖父が考えたのはそういうわけだった。

昭和五十四年生まれの私にとっては仲人制度はほとんど馴染みがない。仲人をつけて結婚した友人も皆無だ。父母が結婚した昭和四十年代はまだまだ仲人は結婚における超重要人物で、祖父母も大野さんへは恩義を感じ続けていたのだろう。大野さん夫妻が仲人だとは、おそらく重々聞かされたはずなのに、それくらい、なんの責任も感じずに、ついて来なさいと言われたからただ思考なく行くような、私はまだ子どもだった。

大野さんは祖母の養母が面倒を見た商売人だったらしい。祖母は仙台で生まれるも、女学生の頃に東京の三鷹《みたか》の叔母の家に養女に入っている。三鷹の家は大きく、たくさんの人に出資していた。その出資先のひとつが大野さんだ。大野さんは大きな料理店を経営しており、田園調布に住んでいた頃も現役だった。

コントレックスに早くに目をつける才覚があるほどだから、大野さんの一族はみなさん商才にあふれていたそうだ。子女のひとりが有名な指揮者の家で家庭教師をやっていたそうで、そうだ、大野さんの家に行ったときにその指揮者のサイン入りのうちわを見せてもらったのだった。

そんなファミリーヒストリーの末席にいて私は、いつか田園調布でまずい水を飲んだ。

田無、夏、恋人の家で　ひとりでエヴァンゲリオンを観る

ストリートビューでは見つからなかったから、もう取り壊されてとっくになくなっていると思っていた。二十七年前、はじめて付き合った恋人が住んでいたアパートが、まだあった。

いつか中学生の娘と街を歩いていて、娘がまだ小さかった頃にかかった病院の前を通り過ぎたとき、娘が「この病院のベッドで私、横になったことがあるんだ」と、噛み締めるように言ったのを思い出す。懐かしいと感じるのとは別の感情として、いつか私がここにいた、ベッドで横たわった、そのことをフィジカルに新鮮に実感している様子だった。

目の前にあって見えるのは、いつも今でありここでしかない。記憶のなかの

「いつか」「どこか」の信ぴょう性は、思い出すだけではどうも疑わしい。その場所を、体で感じることで、確からしさは立ち現れる。

西武新宿線の田無駅《たなし》で降りて、あの頃使っていた駐輪場を見つけたとき、あっ！　と声が出ると同時に噴き出した。かつて私は平日毎日、ここに停めた自転車に乗って、JR武蔵境駅《むさしさかい》方面に向けて漕いで漕いで、短大へ通ったのだ。たしかにこの駐輪場で間違いない。

もはや駐輪場を使っていた記憶は「田無から駐輪場に停めた自転車に乗って短大に通った」という文字情報だけになって、あとのすべてはぬぐいさられて、頭だけで思い出しても立体的に脳に描けるものではなくなっていた。

田無駅から歩いた道の先、スマホの地図に駐輪場のポインタが示された場所に、市営の三階建ての大きな駐輪場は建っていた。見上げて見つめながら、きっちり蓋が閉まった記憶がこじ開いた。

笑って噴き出したのは、リアルに淡々として存在する駐輪場の様子があまりに遠慮なく当たり前のさまだったからだ。偉ぶりも、もったいぶりもしない、ただ、ある。普通にあるなよ！　と、じゃれて言いがかりをつけるようにつっこむように私は笑ったのだ。

　駐輪場は地下から屋上までの全部に自転車やバイクが収容できるようになっている。雨ざらしかつ、自転車をずっと押して運ばねばならない屋上は一番、月極の料金が安く、私は当時迷わず選んだ。商業施設の駐輪場には、自転車を乗せるとベルトコンベアのように自動で運んでくれる仕組みのところも多いけれど、ここは自力で押す仕様だ。それは今も変わらないようだった。

「鍵は二重にかけてください」と張り紙も変わらずそのままだ。武蔵境駅の前のイトーヨーカドーで八千円ほどで買った銀色のママチャリに、張り紙の言う通り素直に、前輪についている鍵とは別にチェーンの鍵もかけていたのを思い出す。

　恋人の部屋は田無駅から武蔵境の短大に通う途中にあった。探しながら、当時自転車で走ったはずのルートに沿って歩いていくと、街頭のスピーカーから子どもの声で「ちいきのみなさま」と放送がはじまった。

いつも私たちの安全を見守ってくれてありがとうございます。これから下校がはじまります。いつものように見守りを、どうぞよろしくおねがいします。

このあたりだっただろうかと、目星をつけた公園の脇を抜けながら、公園の柵にほんの少し見覚えがあるのを感じる。たった今の私が、かすかな二十七年前の私の薄い薄い足あとを目を凝らして追う。覚えのあわいをたどるようによろけて歩く。

田無駅に着くなり、それまでの曇りが一気に晴れたのだった。気温もじわじわ上がって、九月も上旬の残暑の日差しが日傘から出た右腕の側面をじりじり焼く。

事前にストリートビューで確認した、公園の先にあるアパートは恋人のアパートとは形が違う。あれじゃないんだよな、もう取り壊されたのかな。きょろきょろあたりを見回して、私道らしき小道の先に小さな二階建てのアパートを見つけた。

あれじゃん。

駐輪場が目の前に現れたときの記憶の引き出され方よりもずっと早く、そして確実に、ここが、もう何年もずっと「いつか」「どこか」だったアパートだと解った。

あの頃とは壁の色が違う。塗り替えたんだ、でも間違いない。胃の底から動物みたいな声が出た。このアパートで十八歳の夏を私は過ごしたんだ。

恋人とふたりでいた記憶はあまりない。よっぱらってテレビを観ながら気づいたら寝てしまっていたくらい。

それよりも覚えているのは、ひとりで夏に数日ここへ泊まったことだ。

恋人がお盆に実家へ帰省しているあいだ、私は部屋を借りて泊まり込みで、恋人がＶＨＳのビデオテープに録画した『新世紀エヴァンゲリオン』の全二十六話を観たのだった。

急いで次々観るでもなく、部屋の利用時間を延長するようにだらだらと、途中でテレビをただ流したり、本を読んだりしながら少しずつ観た。

当時の時点ですでに『新世紀エヴァンゲリオン』は放送からは二年が経ってい

て、それなりにどういう話かどんな内容かはほうぼうから聞かされていた。だから「ああ、これがみんなが言ってたあのシーンか」と、ひとつひとつ答え合わせをするように観たのを覚えている。

食事は適当に作ったり、近所のコンビニに買いに出たりしてしのいだ。

大雨の日、靴が濡れないように恋人のビーチサンダルを借りて一番の最寄りのコンビニであるセブン-イレブンまで行く。私は歩き方がおかしくてどう歩いてもどうにも泥を跳ね上げてしまう。サイズの大きなビーチサンダルはよくしなった。セブン-イレブンで後頭部が冷たいのに気がついて、手でなでると跳ね上げたらしい泥がついていた。歩くごとにべっしゃんべっしゃん音がしていた。

このとき買ったのがたらこスパゲッティーと大きなコーンマヨネーズのパンだということははっきり覚えていて、十代の奔放すぎる食事にはまだ新鮮に驚ける。

有名なあのラストシーンまで観た日、部屋を掃除して帰った。出たところで隣の人が出てきて目が合ったから、頭を下げた。

恋人とはそれからすぐに別れてしまった。好きな気持ちはあったし、魅力的な人だとはずっと思っていたのだ。でも私は人と交際することがよくわかっていなくって、付き合ってみたいし、別れてもみたかった。

部屋で恋人が、実家から送られたというメロンを食べさせてくれたことがあった。泊まった翌日の朝に「ちいさいカレー食べる?」と言って、小皿に盛ったカレーライスを出してくれた。

私が行ったコンビニはもうなくなっていたけれど、近くの別の場所に新たにセブン－イレブンができていた。なんとなく入る。スパゲッティーのコーナーに、たらこスパゲッティーはなかった。コーンマヨネーズパンはあって、でもあのとき買ったのにくらべたらずいぶん小さい。店の前を、ランドセルを背負って、黄色い帽子を被った子どもたちが笑い合いながら通り過ぎた。

武蔵境駅に向けてバスに乗り、恋人と私が通っていた短大のあたりで降りて学校の周辺を久しぶりに見て歩いた。夏休み中らしく、学生はほとんどいないようだ。

私たちは同じサークルに所属していた。部室の建物はまだあった。あの頃から古かったから、今見てもなんの変わりもないように見える。部室には当時『マスターキートン』と『AKIRA』があった。今あっても変じゃない二タイトルの気がするけれど、さすがにもっと新しい漫画があるか。

武蔵境駅まで歩くとずいぶん店が増えている。

高架下がリノベーションされて、垢抜けた店が連なっている。最近は、久しぶりに行った街のすべてで高架下が再開発されている。各地で高架下がおしゃれになる未来なんてどうして予想できただろう。

二〇〇〇年直前のあの頃を、私はもう未来だと早合点して過ごした。携帯電話をみんなが持つようになっていたし、インターネットというものの姿と利便がわかりやすく出現しつつあった。その先にずっと未来らしい未来があるということを、ちょっと想像すればわかるだろうことを、わからないまま今こそが到達した未来であると呑気に受け取って、私は卒業アルバムの一言欄に「今すごい楽しい」と書いたのだ。

短大の卒業式の日、埼玉の父が田無まで車で来てくれた。自転車をむりやり後部座席に積んで、私は田無から引き上げた。

私たちが恋人として何かしたことを、田無に行っても武蔵境に行っても思い出せなかった。ファミリーレストランでふたりでハンバーグを食べていたのを、共通の友達が外から見つけて、本当のカップルみたいで驚いたとあとでからかわれたのは覚えているのだけど、恋人とファミリーレストランに行った大元のほうの記憶がない。

クーラーを効かせた暗いワンルームで、エヴァンゲリオンが録画された数本にわたるビデオテープのうち、次に再生すべき一本を取り出す。ケースからつまんで引っ張り出しながら、テープの真ん中に貼られた恋人の証明写真と目が合った。

えっ、なに。

恋人は青い背景の前で真顔でこちらをじっと見ている。

慌ててケースに戻して、顔が見えないように、裏返して引き出した。

諏訪、祖父と間欠泉

父方の祖父は、取りまとめと段取りの鬼だった。

何事も事前の調査と準備を怠らず、立案内容はぬかりない。報告連絡相談に気を配り、身の回りのすべてにおいて整理整頓を徹底させて目を配る。不測の事態にさらされ、予定のA案の雲行きが怪しくなれば、即座にB案に切り替えるし、なんならC案、D案まで用意する、強靭な運営力を誇る。未来はもちろん過去もきれいに整えるのが祖父流で、取り仕切ったプロジェクトが完了したあとは、たとえそれが仕事じゃない、プライベートでも趣味でもボランティアでも、写真入りの細かなレポートを作って関係者に行き届くよう手配した。

大正七年生まれ。もとは陸軍の軍人で、戦後は商社でサラリーマンをしながら長く将校会の世話役をつとめた。同期のみなさんとの会合や旅行は折に触れ祖父が取り仕切っていたらしい。段取り力が買われてのことか、それとも携わりながら身につけたのか。

私は十八歳の頃、この祖父が祖母と暮らす東京の品川区の家に居候として転がり込んだ。自宅が埼玉県の山奥にあって東京の短大に通うのに難儀して、都心暮らしの祖父母に泣きついたのだ。

ありがたいことに歓迎してもらい、私は祖父母宅の空き部屋で寝起きするようになった。祖父母は家の一階のみを使って暮らし、二階は洗濯物を干すのに祖母がベランダに出るくらいだったから空いていた。

私は五人きょうだいの長子として育った。実家を出て祖父母のところにやってきた時点でまだ一番下の弟が六歳だ。父は仕事で忙しく、母は小さな子どもの世話に追われてあまり上の子らに構うことができず、ざっくりいうと私は「せねばならない」ことに、ほとんどさらされないまま実家の世界でやってきた。

毎日体を洗わねばならないとか、髪を洗わねばならないとか、爪は切らねばならないといった清潔観念にまったく薄く、勉強をせねばならない、知識をつけねばならないといった向上心もない。もちろん両親はご飯を食べさせてくれたし、体を壊せば心配して看病してくれたけれど、外で体を動かして体力をつけねばならないといった、健康にまつわる圧力もかかった覚えはない。

結果的に、私は極めて野生的な存在として、それなりの年齢まで育ってしまった。

髪の毛はからまって鳥の巣のようだ。顔も洗わず歯も磨かず、パンツとブラジャーの存在は知っていたけれど、その上に着る下着のことは長く知らなかった。靴下もほとんど履かない。家から出るように促されることがないため、野生の荒々しいさまでずっと家にいた。

自分をまるっきり整えないまま、ただ存在すれば許される時間をやりすごしてきた私だから、居候として受け入れた祖父母はずいぶん驚いたようだった。

使ったものを片さねばならないことも私は知らず、入居時に祖父の手で片付けられ掃除され、すっきりときれいだった部屋はすぐに散らかって、足の踏み場もなくなった。様子を見にきた祖父は驚き困惑していた。

「使ったものは、元あった場所に戻すと散らからないんだよ」と、祖父にとっては当たり前だろうことを丁寧に何度も教えてくれるのだけど、当時の私はそれがどういう意味なのか本当にわからない。ぽかんとしてあいまいにうなずいて結局そのままだった。

ちょうど携帯電話が普及した頃で私も契約していたから、よく学校の友人と長電話をするのだけど、電話をする私の声が大きいこともまた祖父を驚かせた。

「電話をするときは意識して小声で喋らないと、人の声というのは電話口では自然と大きくなるよ」と祖父は教えてくれた。知らなかった。

箸の持ち方も祖父に習った。私は漢字が全然書けなくて、祖父は字引きをくれた。出かけるときはハンカチかハンドタオルを持つと、手を洗ったときや汗が出たときにふけて便利だとも教えてくれた。私はそれまで、手を洗ったあとは髪でふいて、汗は下敷きを顔に垂直にあてて切っていた。歯を毎日朝と夜に磨いたほうがいいというのも、祖父に説得されて身につけた。

あるとき、祖父が将校会の旅行に出かけてお土産を買ってきてくれた。たわしで作ったリスの置物で、お土産屋で見つけたものだという。祖父の連隊は三笠宮崇仁親王《みかさのみやたかひと》のお付きの武官が集まっていて、戦後もずっと親王のお供をしていた。リスの置物を「殿下もいかがですか」と伺ったのだけど、「ちくちくするものは好かない」とおっしゃったとのことで、へえ、などと聞いていたら祖父が急に、「旅行を計画してみなさい」と言う。

「計画について、ちょっと勉強したほうがいいから」と。

皇室の話題がなんで私に計画の立て方を教える話になるのか。祖父は自分がこんなにしっかりとした段取りをもって計画して大きな旅行を取りまとめて充実を得ているのに、この孫はなんでここまであれこれの脇が甘いのだと、あらためてはっとしたのではないか。

それで数ヶ月後の秋、祖父母と私で長野県の諏訪《すわ》に一泊で紅葉を観に行くことになった。諏訪に、というのは祖父がその近くに山荘を持っており、水回りの修理の様子を見るついでがあったからだった。

旅の費用は祖父が出してくれるというから贅沢な話で、にもかかわらず驚くことにというか案の定というか、私はのらりくらり電車の予約も宿の予約も先送りにしてあいまいに過ごし、結局は気を揉んだ祖父が全部手配してくれたのだから情けない。私は祖父に対してちょっと、そんなこと家族の旅行で練習しなくてもちゃんとできるのにと思ったのではなかったか。外の世界を知ろうとせず、自信だけは妙にあった。

一泊二日の諏訪旅行は両日よく晴れた。初日に電車で諏訪まで着くとまずはホテルに荷物を置いて、祖父がその段取り力をもってして事前に手配した観光タクシーに乗る。友人のつてでベテランの運転手さんにお願いできたと祖父が言うとおり、おっとりして優しい運転手さんが、素人目にも穴場とわかる紅葉スポットを連れて回ってくれた。こんな道をタクシーで登るのかと、砂利道をごとごと揺れながらタクシーは走る。もみじといちょうの紅葉が美しい狭い道路へ入って登ると崖に出た。向こうの山の一面が真っ赤に紅葉している。「すばらしい」と祖父がうめいて、祖母はお土産にと落ち葉を少し拾って文庫本にはさんだ。私は絶景を持て余してとりあえず深呼吸する。

それからよどみなくタクシーは本来の目的である祖父の山荘へ、様子の確認のために向かった。山荘の前には管理所のスタッフの方が待ってくれていて、修理は万事抜かりなく進行しているとのこと。山荘は当時すでに築年数を重ねてがたがたで、祖父は折をみては焦らず少しずつ修理していたようだった。祖父が亡くなったあとも祖母は毎夏この山荘へ避暑にやってきた。祖母が九十八歳まで生きたのは、夏を山荘で過ごしたおかげで猛暑を何年もまともにくらわなかったからじゃないかと、葬式の日にはみんなで噂した。

山荘を後にし、タクシーは諏訪湖の間欠泉の前に私たちを降ろして去った。それなりにあちこちにあるらしいけれど、間欠泉というのを私はこの諏訪湖でしか見たことがない。一定の時間間隔で、熱湯と水蒸気をどーんと噴き出す温泉だ。間もなく噴出しますと知らせるアナウンスがあって見物エリアで待つと、ドドドドと湯気とお湯が噴き出した。お湯の柱はどんどん高くぶち上がり、うおおと見物客から歓声があがる。えっ、すごい、すごい。

祖父も祖母も見上げて笑っていた。祖父は満足すると喜んで笑う。声を上げるのではなく、ぎゅっと頬が上がって笑顔になる。

祖父の笑顔を確認した私も、もう一度噴き上がるてっぺんを見上げて、笑った。

「すっごいね！」

親とどこかへ出かけるということがもうほとんどなかった頃だ。祖父母に囲まれて一日連れられるようにあちこちへ行って、会う人の誰もかれもに穏やかに優しくしてもらって、私は終始、呆然としていた。これは、どういう一日だ。ホテルの、ぱりぱりに糊のきいたシーツとふとんカバーの間にはさまって、天井を見る。祖父母はもう眠っていた。この旅の意味をつかみかねて迷うような気持ちをじりじりと手放すようにじっくり寝入る。

翌日、ホテルを出ると峠の釜めしで釜めしを三つ買って帰った。このあたりの名物だ。陶器の釜入りで重いけれど、食べたいかと聞かれて、食べよう、私が持って帰ると言ったのだった。道中、私が祖父母にできることは何もなかったから、最後に三個の釜めしを運ぶことができて、それくらいでもせめて気持ちは救われた。

長野からの特急を降り新宿まで戻り、山手線に乗って自宅につながる私鉄への乗り換え駅まで行く途中、近くに立った若い男性が連れの男性に、自分がいかに勉強ができて難しい資格試験を簡単にクリアできそうかと話すのが聞こえた。もうそれなりの年齢なのに、祖父母に守られて呑気な旅行をなんの負担もなく不安もなくしてきたばかりの私とは、その男性は真逆のように思えて、ちょっと顔を見た。よく日焼けして、坊主頭をしていた。

帰って釜めしを食べた。祖父母の家のあたりは戸建てがぎゅっと詰まって建つ。台所とダイニングテーブルがある一階は、日が当たらずいつも暗い。そんな部屋で蛍光灯に照らされて、釜めしの杏と栗があざやかだ。おいしいねえ、及子が頑張って持って帰ってきてくれたおかげだねえと祖父母は口々に言った。

この旅で私が何か変わったかといえばそういうこともなく、だらしなく祖父母の世話になり続けた。その後、一人暮らしの機会を得て祖父母の元を離れてからも、決まらない生活を続けて、でもやっと徐々に生きることの地ならしをはじめる。

祖父が八十五歳で亡くなった五年後、私は子どもを持った。生まれた子を抱いて、例の山荘を目当てに諏訪を再訪した際に、間欠泉のあのとんでもない迫力と祖父の顔を思い出した。

諏訪湖の間欠泉は、もともと昭和五十八年に行われた温泉の掘削中に噴出し、その当初は五十メートルも噴き上がったらしい。時代が進むとともに徐々に噴出の間隔が広がり、高くも噴き上がらなくなって、再訪の頃はコンプレッサーを使い人力で噴出させているのだと案内があった。

二度目の間欠泉の噴出は、祖父母と一緒に見たのに比べて半分以下の高さだったけれど、子どもは喜んで頬を上げて笑った。

ワシントン州タコマから四百キロ、迫る山なみをどうか毎秒見逃さないで

うっかり海外留学プログラムに参加してしまった。

私は高校卒業後短期大学に通い、国際教育を推進せんとするその学校は、学部を問わずすべての学生に五十日間の留学を推奨していた。個人で同じ期間留学をするのに比べればかなり割安ということもあって、半分以上の学生が参加していたのではないか。

留学先はオーストラリアとアメリカのいずれかの大学で、どちらか選んで申し込む。オーストラリアはホームステイ、アメリカは学生寮という違いから、人気は前者に集中していた。アメリカのチームは寮生活じゅうずっと短大のメンバーで群れてしまい、英語力が養われないまま帰ってくる学生ばかりという噂があっ

た。

私もそれならばと、息巻いてオーストラリアを第一希望とした、のだけど、希望者の多いオーストラリアは抽選となり、私はアメリカに割り当てられたのだった。

行き先はワシントン州のタコマという、シアトルから南に車で一時間ほどの都市にあるプロテスタント系の大学だ。ルームメイトのいる寮に五十日間入る。ところで私は、英語がまったく喋れない。

中学二年生のとき、百点満点の英語のテストで五点をとった。クラスでただひとり、英検の四級を落第した。努力不足の自分の責任でしかないことを前提としつつも、圧倒的に語学の才能がない。記憶力がない。本当に覚えられない。綴りの勘がいつまで経ってもつかめない。大人になってからもなんどか英語には再チャレンジしてきたけれど、やっぱりだめだ。どうしてもiPhonと書き続けるし、Officeの〝ワード〟も私に書かせればwardとなる。

だから本当にうっかりしていた。短期であれ、留学などしていい学生ではない。

とんでもない私を受け入れたのは、静かで品のいいキャンパスだった。一八〇〇年代の終わりに創設された歴史のある学校で、アメリカの大学規模でいうと中規模にあたるそうなのだけど、森のように深みのある豊かな広さの敷地はどこまでも続くように感じられた。緑が多い。背の高い杉の木があちこちにあって、風でざわめいた。青い芝の地面の上に舗装された道が建物と建物をつなぐ。校舎はそれぞれに個性的で、煉瓦造りのどっしりと歴史を感じさせる建物があって、近代的なしゃれた建築もある。

学生たちはいくつかの学生寮に、誰の采配でかはわからないまま、到着するなり振り分けられた。それぞれの寮にはキャラクターがあって、それは入り口をくぐるとすぐに肌で感じられる。

アメリカ組のなかで一番仲の良かったカヨちゃんが振り分けられたのは、おしゃれでちょっとやんちゃな学生が多い、どこか雑多な雰囲気の寮だ。もともと帰国子女で、あらかじめ英語の得意な真野さんが入ったのは学内でも一番古い建物だという、女性だけの大きな寮だった。そのほかいくつかの寮に学生は散って、そうして私が配置されたのは、敬虔なクリスチャンが集まると噂されるこぢんまりとした家庭的な寮だった。

全員、英語のネイティブスピーカーと部屋を共有することになっていて、私のルームメイトは二歳年上のタラだ。タラはどっしり安定感のある体格をしていて、ブロンドの髪の毛を一本の三つ編みに束ね、いつも大学の名前が入った薄いグレーのカレッジスウェットを着ていた。真面目な努力家で、キリスト教を篤く信仰しながら熱心に学業に邁進する。さまざまなコミュニティに精力的にかかわり、ちょっと冗談が通じない頑固なところがあるけれど、ゆるぎない高潔な自信をたたえて輝く。友人が多く、周囲に信頼される生まれながらのリーダーのような学生だ。

部屋に入って自己紹介をするなり、タラが私に対して明らかな不審を感じているのが伝わった。あ、この子、英語がぜんぜんだめなんだと、留学生として見たことのないくらい喋れないやつだと、もうばれたのだ。

五十日一緒にいるあいだ、いちど真顔でなんでそんなに英語が喋れないのかと聞かれたことがあった。私はフランス語を二年で習得した、あなたは中学生の頃に英語をはじめてもう七年経つのでしょう、どうしてこんなに喋れないの。

本当にね、なんでだろうねと、タラの疑問を疑問として引き受けながら、でもそうやってゆっくりじっくり話してくれるタラの喋っている内容が、なんとなくでもわかって、それってすごいじゃんと私は呑気にこの留学における自分の成長を感じて、そんな具合でなにしろ私たちはやんわりすれ違って、それなりにわかり合って同じ部屋で寝起きした。

タラは滞在中、私の英語を真正面からしっかりきっぱりわからながった。ほかの寮生たちのように、なんとなく流さない。そういう表現はしない、その発音はおかしいと丁寧に厳しい。ありがたい、すばらしいルームメイトだ。なのに向上心の無い私はタラの親切さ、真面目さを受け止めきれず、いつも手からあふれさせていた。

クラスで、「ルームメイトにこの大学の学生の特徴を聞いてみましょう」という課題が出た。タラは人間をひとくくりにすることを敏感に危ぶんでいて、私からのインタビューに答えるのを拒否した。人はみんな違うんだから、集団としての特徴なんてない、ステレオタイプには与《くみ》しないというのがタラの姿勢だ。ただでさえこの留学プログラムでおちこぼれまくっていた私は、これでは課題が終わらないと困り果てた。英語のできる真野さんに泣きついて、タラを学食に呼び出し、他集団から来たものが異文化を理解するためには、一般化した捉え方が最初の一歩になるんだと、真野さんの通訳を通して説得した。タラは納得したようなしないような表情で課題に付き合ってくれて、でも結局、私は彼女の答えを正確には聞き取れず、つっこんだ質問もできないのだった。

タラは、私は忙しいから二週に一度しかすね毛が剃れないんだと、久しぶりにつるつるになったすねを撫でさせてくれた。ダイエットには一日三食じゃなく五食くらい食べたほうがいいと、食を分散させれば一食に吸収されるカロリーを減らすことができると持論を展開した。クリスチャンロックという、キリスト教の教えを歌うロックミュージックを愛聴し、学内のコンサートに連れ出してくれた。

ソニック・ユースもダイナソー・ジュニアもウィーザーもピクシーズも知らないと言っていた。「ロッキンオン」しか読んでなさすぎた私がいけない。

私はこの旅において、ひとつ大きな勘違いをしていた。

学生は全員、留学期間内のどこかのタイミングでルームメイトの実家に連れて行ってもらえる、それがプログラムに入っていると思い込んでいたのだ。

まったくそんな事実はなかった。ホームステイを受け入れる家に二泊するプログラムがあって、それをルームメイトの実家だと、どういうわけか思い違いをしていた。

間違いに気づかないまま、私は寮に入ってタラにはじめて会ってすぐのたどたどしい英語での挨拶の際に、そんな予定は無いにもかかわらず、あなたの家に行って家族に会えるのがとても楽しみだと伝えたのだ。あのとき、タラの顔に浮かんだ、困った人がする表情筋の動きを覚えている。

タラは真面目で親切で、人の期待に応えることに全力を尽くす人だった。

ある日、部屋の小さなホワイトボードに地図を描いて、ここが大学、それからここが私の実家。三百キロだったか四百キロ、とにかく遠く離れているのだとタラは言った。実家があるのがなんという街だったのかはもう覚えていない。タコマからはとにかく遠い、でも今週末だったら行けるから、一緒に行こうと地図を描きあげたペンを置く。

留学期間の中盤の週末、一泊で、長距離バスで行った。到着したのは真夜中だ。私はすっかり眠って着いた。到着直前、バスターミナルへの入り口が渋滞で詰まっているところ、運転手が反対車線を逆走する大胆なショートカットをし、車内が歓声と指笛で沸いたそのざわめきで起きた。タラはペンライトのあかりでずっと本を読んでいたらしい。

タラの実家は平原のど真ん中にぽつんと建っていた。大きなゴールデンレトリバーがいて、ちょっと気難しい若いお父さんと、タラとほとんど同じ体形の優しいお母さんがいた。

せっかく連れてきてくれたタラの実家に、私はコミュニケーションの頼みの綱である辞書を持って行き忘れた。完全に丸腰、いよいよ無能、逆に無敵の状態となった私を、一家はひとしきり困ったあと、諦めたようにむしろ温かくむきだしの愛でもって接してくれた。

愛らしいピンクの装飾のカントリー風の部屋を使わせてもらってその日は眠って、翌日の朝は家族と一緒に礼拝へ行く。礼拝が終わったあと、タラやお父さん、お母さんが茶話会の支度をするあいだ、教会のコミュニティーのみなさんがにこにこ囲んでくれた。ぜひ挨拶をと言われ、名前はちかこですと、黒板に「及子」と書く。

「それが名前？」と人々がざわついて、苗字も含めた名前だと思われていると気づいたときにはもう、苗字は古賀ですと言い出せなくなって、私は苗字が及、名前が子、ということにして乗り切った。英語が喋れないということはさまざまな弊害を生み出すけれど、（孔子みたいな感じでとらえてもらおう）と、しらをきる、そんな状況に陥ることまである。

帰り道、お父さんがハンバーガーチェーンでシェイクを買ってくれるという。いろんな味があって全部のフレーバーをひとつひとつ教えてくれて、でも私は全部にてきとうにうなずくから、お父さんは困ったすえにオレオ味を買ってくれた。

それからは、とにかく犬と遊んだ。犬のほうが、私よりもずっと家族と会話していた。家の周囲は平たく広い土地がある。お父さんがボールを遠くまで投げて、犬が走って取りにいき、私も走って犬についていって、そうすると犬はボールじゃなくて私に向かってじゃれついてくる。これがお父さんにむちゃくちゃうけた。


帰りはバスではなく実家で借りた車をタラが運転してくれた。運転席と助手席の私たちの間には、お母さんが天板にぱんぱんに焼いたシナモンロールがどんと置かれて、まっすぐの道を走る車の中で私たちは次々ともがもが食べる。

お腹がいっぱいになった私は運転するタラに遠慮もせずにうつらうつらして、するとタラが、ねえ、今、私たちのこの旅で一番美しい景色が見えてるんだよと起こした。道の両側は広く茶色い平原が続いて何もない。すんと延びる一本道のずっと先に、いかにも霊峰という感じの雪をかぶった山の連なりが見えた。

そうだね、そうだねと言いながら私はまた眠りそうになり、するとタラはまた起こす。何度私が寝てもタラは起こした。冗談でやってるんじゃなく、だんだん可笑しくなってくるようなこともなく、ただ真面目に、真剣に、迫りながら少しずつ表情を変える山なみを毎秒見せたくて、タラは私を起こし続ける。

青山から高知へ、たいした話はしない我々

私の傘ばかりがいつも風にあおられおちょこになる。みんなの傘はぜんぜんひっくり返らないのに。きっとみんな、いい傘を買っているのだろう。一万円以上するやつで、骨が強いんだ。私の傘は安い。コンビニで売ってる千円のだから、骨が細くて、傘の直径に対して弱すぎる。買ったばかりの頃はぱんと張っていた布ももうすっかりたるんで、風に吹かれてばふばふたわむ。

ずっとそうひがんでいたのだけど、今日の風にはさすがに、私だけじゃないたくさんの人の傘がおちょこになった。向こうから歩いてくる人、すれ違う人、横切る人、みんな傘がおちょこだ。風は強くても雨はそれほどでもないから、傘をさすことを諦めている人もいる。

しぶとくなんとか傘をかかげて歩いた。青山《あおやま》学院大学の前を通ると、歩く人のなかから若い人たちだけが選りすぐられるようにキャンパスに吸い込まれていく。Y2Kという言葉を、少し前に中学生の娘からよく聞いた。Year 2000、西暦二〇〇〇年の略らしい。ずいぶんかっこよく略すものだよな。青山学院の前はあの頃の安室奈美恵みたいな格好をした人が多く、取り沙汰されているだけじゃない路上に生きる本当の流行なんだと思わされた。

渋谷《しぶや》駅から商業施設のヒカリエを通って宮益坂に出て表参道《おもてさんどう》方面へ坂を上がり、国道二四六号線、六本木《ろっぽんぎ》通りを歩いている。青山学院の先の南青山五丁目交差点を右に曲がった骨董《こっとう》通りと呼ばれる通りに、マニアッククラブというクラブ、踊るほうのクラブがあった。

骨董通りとは、かつては骨董品店が多かったからそう呼ばれているのだろうと想像してそのままずっと調べもせずにいたけれど、今日はじめて検索してみたらやっぱり想像どおりで、けれど意外だったのは、古美術鑑定家の中島誠之助が八〇年代に使うようになって広まった説があるらしいことだ。中島誠之助って、

「開運！なんでも鑑定団」のあの人か。なんかもっとこう、深い歴史に裏打ちされた名称だと思っていた。

ちょっとずっこけながらその通りに入る。角にあるのはハンバーガー屋のクア・アイナだ。一階だけじゃなく、細いビル全部が店舗になっていて、全身がクア・アイナ的なビルとしてもうずっとここにある。昼時の今はランチ利用のお客で繁盛しているようだ。

このクア・アイナ、開店は一九九七年らしい。マニアックラブが青山にできたのは一九九三年で、その後二〇〇五年に閉店した。クア・アイナはマニアックラブの後にできてその終わりを見届けたあと、さらに今日まで生き続けている。

クア・アイナの先にはスターバックスコーヒーがあり、うろ覚えの記憶では、クラブはこのあたりにあったんじゃないか。ビルの地下だった。外階段を使って降りたことは覚えている。

私が遊びに行ったのは一九九九年から二〇〇〇年のあいだ、二十歳の頃だ。条例かなにかの影響だろうか、あの頃急に、東京では深夜営業のクラブやライブハウスで入場時に顔写真付きＩＤが求められるようになった。私は免許証を持っていたからよかったけれど、森田は免許を持っていなかったからいつもパスポートを持ち歩いていた。吉岡と小池は免許を持っていた。

マニアッククラブは日本のテクノシーンの黎明期を盛り上げたクラブのレジェンドだ。ここへ行っていたことは私の誇りではあるのだけど、はたして誇っていいのかという程度のかかわりでしかない。行ったといってもびっしり通うほどではなく、伝説のお相伴《しょうばん》にあずかった。

森田は私が短大で所属していたサークル仲間で、吉岡と小池は森田の高校時代の同級生だ。三人は高知から進学のため同時に東京に来た。私と森田はダンスミュージックが好きで気が合って、一緒に遊ぶうちに吉岡と小池を紹介してもらい、四人でよく遊んだ。

夜になると私たちはのろのろ青山に集まって、外でパンとかおにぎりとかを適当に食べて、お金があればお酒も飲んで、それからマニアッククラブに行く。あとはもうずっとズンドコ踊る。音楽のはざまにサイレンが鳴って、スモークが噴き出して、誰かがホイッスルを吹く。

若い私たちは体力だけはやたらにあるから平気で朝まで踊って、イベントが終わったあとに仕切り直してまたはじまって昼前までやるアフターと呼ばれる追加のパーティーがあればそのまま居残ってまた踊った。アフターがはじまるとバーカウンターからお酒の代わりにコーヒーが出る。時間がいよいよ昼に近づくと、コーヒーを飲んで、頭が音楽でパンクしそうになるのを両手で押さえて帰った。

四人、ゆるく流れる時間を一緒に端からつぶしていった。たいした話はしないのだった。暑いとか寒いとか、楽しいとかいらいらするとか、安心だとか不安だとか、くだらないとか面白いとか、片付かないとか美しいとか、まぶしいとか暗いとか、疲れたとか元気だとか、うるさいとか静かだとか、そういうことだけやりとりする。ぼうっとしてなにも話さず一緒に歩くだけのことも多かった。

この頃、私はずぼずぼに失恋した直後だった。そんなつもりはなかったのに気がついたらげすげすに痩せて肌はがさがさだ。髪も細くなった。鎖骨から乳房までの間の肉が吸い付くようにがい骨がすけて見える。

そんな貧相さを極めた様相の私だ。十二月、いつものように夜が朝になって、昼になって、疲れて帰る途中、正月に何の用事もないと言うと、気の毒に思ったのか、はげまそうと思ったのか、森田が「おれたち正月に高知に帰るき、こがっちも遊びに来ん？」と誘ってくれたのだった。

行った。

年が明けて元日、飛行機の中でモニターに羽田空港から飛び立った飛行機が高知空港へ移動する様子の地図が映されて、あ、私、正月から高知に向かっているんだと、言葉が本当になっているのに驚く。自分が自力で行動することによって、現実も気軽にそのとおりになることが、まだ信じられないでいた。

高知でもクラブに行った。マニアックラブのアフターでテンションが高まり切って私が泣きながら踊ったのと同じ曲がかかって、小池がうおおと両手をあげた。

「こがっちが好きな曲や」

この日は夜のうちに切り上げて、吉岡の家にみんなで泊めてもらった。行って知ったが、吉岡の家は厳格な土地の名士らしい。今思えば、正月からどやどやと世話になるとは、大変な迷惑だ。当然、訪問は歓迎してはもらえず、お礼に羊羹を渡したら「なんですかこれ」と言われた。「羊羹です」と言った。

翌朝、桂浜《かつらはま》で凧揚げをしたあと、三人が高校の頃よく行ったのだという喫茶店でナポリタンを食べ、ありがとう、そしたら帰るわと、言う私はけれど帰りの航空券を取っていない。ええっと、三人がざわついた。「それ、帰れんろうか？」

「いや、帰れんちゃう？」

話を聞いてくれた店のマスターも「ええっ、きっと予約で満席やろうね。今からじゃチケット取れんがやない？」と、すぐに空港に電話をしてくれて、やはり今日はキャンセル待ちもかなりの人数でおそらく乗れないだろうということだった。

もう一泊できないか吉岡が家に頼んでくれたのだけど、お父さんに無理だと言われたと、そりゃあそうだろう。

結局森田が、うちは市街から遠いけど来いやと言ってくれて、それで全員でこの日は森田の家に行くことになった。森田の家では、おばあちゃんと、陸上選手の妹さんと、お母さんが喜んで迎えてくれた。夜寝る前に私の耳から見たことのないくらい大きな耳垢がとれてみんなで盛り上がった。

私はこの頃、ホームページを作って日記を書いてぼちぼち公開していた。翌朝、目を覚ました早朝に、半身を起こしてノートパソコンに向かって前日のことを書いていたら、吉岡が寝た姿勢から身を動かさずに「こがっち、ほんまにすごいねえ。ものすごい勢いでパソコン動かしちゅう」と言った。

あなたはすごいと人に言われたのは、多分このときがはじめてだ。

それから森田の家のみなさんと、三人とも別れ、朝の早いうちに空港に行く。キャンセル待ちをしてなんとかぎりぎり席が取れ、東京に帰った。

クア・アイナの先のスターバックスのあたりには、マニアッククラブがあったはずの外階段で地下へ降りる口が見あたらない。検索すると住所が残っていた。骨菫通りを私の記憶よりも先に進み、右折して小道に入る。風はややおさまるも、霧雨は続いており顔にかかる。

住所の場所には当時はなかったはずの柵が設置されているものの、公道から中が覗けて、そうだ、ここだ。この階段の下にＩＤをチェックするスタッフがいた。一度、森田がパスポートを忘れてきてチェックを通れず中に入れなかったことがあった。全員で諦めて明治通りを新宿方面へあてもなく歩いた。このとき小池が撮った写真がまだある。雪が降っている。

青山でも高知でも、私たちはどっちみちやっぱりたいした話はしない。腹が減ったとか満腹だとか、気分がいいとか少し落ち込むとか、肌がちくちくするとかふわふわするとか、冷たいとか温かいとか、そういうことだけやりとりする。のろのろ一緒に歩く。森田がちょっと踊って、吉岡は肩を組んでくる。小池は写真を撮る。

私は女性の体をしていて性自認も女性で異性愛者だ。森田と吉岡と小池は男性の体をしていて性自認と性的指向のことは知らない。私は彼らに恋愛感情を持ったことがなく、彼らの誰からもそれを示されたことはなかった。

吉岡の家に泊まりに行ったとき、私が女性であることが実家の家族を驚かせたようだった。私のために吉岡たち三人とは別に寝室を用意してくれたけれど、私たちはそれが何故かわからず結局四人で雑魚寝した。

私たちのことをどう説明したらいいのか、今の自分にはもう、うまく言い表せない。どっちみちあの頃からつかみどころのない感覚だったかもしれない。ただ、たしかにそういう、なんともない私たちがいたのだった。

いま森田は高知にいる。たまに聴いているらしい音楽がInstagramにアップされる。吉岡は農業をやるんだと山の村へ行った。小池は病気になった。薬を使いながらつきあっていける病気だと言っていたから、どこかで生きている。道端で、テレビから、ラジオから、スマホから、ふと、誰かの話す高知弁を聞くと三人を思い出す。マニアックラブのサイレンと、正月の桂浜の空に飛ばした凧も思い出す。

恐山、会えないイタコと工藤パン

到着したのは、恐山《おそれざん》だった。

どこへ向かっているのか、わからないままやってきた。羽田から飛行機で青森空港へ、そこからレンタカーに乗った。道中、走っても走っても次々に工藤パンの看板が現れる。あんまりたくさん出てくるものだから、数を数えて途中でやめた。工藤パンは、関東生まれで関東育ちの私にとって聞き覚えのない名前で、いずれにせよパン屋さんなのだろうとは思うのだけど、それにしてはあちこちに看板がありすぎる。こんなに同じパン屋が席巻し得るだろうか。

なにもかも、よくわからないまま車の助手席で揺られた。道は乾いてほこりっぼくねずみ色で、空はよく晴れた。レンタカーは小さい。

この日一日遊ぼうとだけ約束していた友人に、待ち合わせ場所に行くなり羽田空港に連れて行かれた。友人は青森行きの飛行機のチケットをふたり分持っていた。いわゆるサプライズプレゼントだ。だから私は、この恐山旅行のことを私の誕生日に起きたことだとずっと記憶していたのだけど、最近当時の写真が出てきて夏の出来事だったと気がついた。私が着ているのは「パワーパフガールズ」のイラストのプリントされたTシャツで、写った強い日差しは夏のものだ。私の誕生日は冬だから、もし誕生日に行ったのであればもっとずっと厚着をしているはずで、日差しだってここまで強くはない。そもそも恐山霊場の開山は五月から十月、冬は閉山で入れない。友人がなんらかの理由で旅を計画し、ついでに急に私を連れて行ったということだったのかもしれない。

短大を卒業したあと勤めたアルバイト先で知り合ったこの友人は体格が良く、顔じゅうにひげをはやして熊のような風貌をしている。どちらかというとインドア趣味で旅行家ということもなく、ただ、変わった物事が好きだった。

恐山を背景に立つ写真の私は二十代の前半あたり、数年前の失恋で痩せた十キロを、転んでもただでは起きまいとして無理に維持していた痩せぎすの体だ。間借りして暮らしていた部屋のハウスダストによる顔の炎症で頬が赤い。道で声をかけられた美容院のカットモデルに応じて、うっかり希望しないレベルのショートカットになり、その反動でやぶれかぶれに脱色しつくしたぱさぱさの髪が、根元に黒い地毛が少し生えた状態で写っている。

青森空港から恐山へは、検索すると二時間半くらいで到着するようなのだけど、あのときはもう少し時間がしっかりかかった。日帰りできるように、羽田への最終便の航空券も取ってあって、この帰りの飛行機が飛ぶ時間までにちゃんと行って帰ってこられるのか、友人は少し焦っているようだった。往路はどこへ向かっているかを知らなかった私にとっては、空港から遠い場所へ行く、けれどそこまで行ったら今日中に空港に戻ってこられるかわからないという状況で、もう何がなにやらだ。「工藤パン」の看板を数えるしかない。

到着して、ジャーン！　そうです、ここはあの、恐山です！　と言われてもなおピンとこなかったのだから恥ずかしい。私は恐山を知らなかった。

ふたりで恐山菩提寺にお参りしたあと、友人はこれが目当てでやってきたのだとイタコの口寄せの行列に並んだ。駐車場には観光バスが何台も来ており、その多くの参拝客がイタコを目当てにしているらしく、イタコさんがいるいくつかのテントには大変な行列ができている。行列はテントそれぞれに連なっており、希望者一人が口寄せにどれだけ時間をかけるのかがよくわからない。これくらいの行列はすぐにさばけるのか、それとも友人の番がめぐるまで何時間もかかるのか。

友人は自分が並んでおく、でも口寄せにはきみも立ち会ったほうがいいと言う。行列を横目に見て順番が来る時間をなんとなく予想しながら、私はひとりで霊山を歩いた。

岩の山だった。岩のひとつひとつに日差しがそそいで白っぽく反射する。山全体がぼうっと輝くように空の下に積もるように盛りあがっている。あちこちにビニールの風車が挿さって、風をうけて不器用にくるくる回る。

あまり遠くには行かないようにして口寄せの行列に戻るけれど、列はたいして進んでいない。時間がかかるみたいだから温泉に入ったらと友人に言われて、岩場の途中のほったて小屋のような温泉のお湯に浸かって戻っても、まだ順番がやってくる気配はなかった。

恐山霊場の白さやそこで回る風車、突如現れる小屋の温泉といった夢らしい風景以上に、順番の回ってこないもどかしさに夢のようなままならなさを思い出す。何度見に行っても、観光バスの老人たちでイタコの順番待ちはあふれるようだ。人のうねりのなかで、大きな丸い熊のような友人の背が見える。

順番は、ついぞ回ってくることがなかった。これ以上ここにいると帰りの飛行機に間に合わなくなるかもしれないギリギリまで待って、でも友人は案外さらっと諦めてレンタカーに乗って空港へ戻った。

イタコの口寄せが何なのか、帰りの車中であらためて友人に説明してもらう。教養の無さからただ表面的に納得だけして、そうして友人に「だれを降ろしてもらおうとしていたの」と遠慮なく聞いた。

友人は射殺されたポップスターの名前を言った。

空港で搭乗の前にほんの少しの時間がとれて入った店で、ウニ丼を食べている写真もあった。写真の私はどんぶりに向かって脇を広げて箸を構えている。

吸って吐いてをするままに、なにも考えずにただ行っただけだからか、頭では遠い霊山とわかっているけれど、印象の距離は妙に近い。観光バスからたくさん出てきた、ショルダーバッグを斜めがけにして口寄せの列に並ぶたくさんのご老人たちも、近所の夏祭りにやってきた老人会の人たちみたいに思える。工藤パンという、視界に入り続けた知らないパンのメーカー名だけに、この記憶の距離の遠さの手がかりがある。

ウニ丼でお腹がいっぱいになったから、パンは食べられずじまいだった。あとになって、工藤パンが地元の人たちに愛され信頼される大手のパンメーカーだと知った。そういえば、東京では同じようにあちこちに山崎パンの看板を、かつては見かけた。

二十年以上の時を超えて先日、青森へ旅するんだという友人に工藤パンのことを伝えた。食べた、おいしかったと帰ってきた。

小岩、知らない街が、どんどん私の街になる

もしかして、これじゃだめなんじゃないか

埼玉の実家から東京の短大に通っていた私は、入学半年ほどで通学に音《ね》を上げた。

実家は大宮《おおみや》とか川口《かわぐち》といった東京に近い都市ではない、もっとずっと奥、本気の埼玉だ。学校へは片道二時間。通えなくはない、でも正直かなり遠い。実家の最寄駅を走る路線の電車の本数が少ないのにも参った。帰宅時、うっかり一本逃すと家に着くのが一時間遅くなってしまう。

幸いにして父方の祖父母が東京に暮らしていた。まだ元気だった祖父母は喜ん

で私を居候として受け入れると言ってくれたから、すぐに実家を出て転がり込んだ。品川区の街だった。

祖父母にかわいがられ、すっかり居心地よくぼんやり暮らしているうちに気づけば短大の卒業はすぐそこにやってきた。短大で軽音サークルに所属していた私は、本格的に音楽活動に打ち込むのだという先輩たちに流されて、なんと就職しなかった。先輩方と違い、私はバンドにも楽器にも本気で取り組んではいない。何をするあてもない、純粋な無職として手ぶらで世の中に飛び出した。

私が就職をせずに卒業しても、祖父母は何ひとつ言わずに見守ってくれた。家にいると、祖母から朝食と昼食と夕食の時間に優しく声がかかる。十時と十五時には祖父におやつに呼ばれた。居間の掘りごたつに座って、一日中つけっぱなしのテレビでNHKのニュースを眺めていると、祖父が大きな缶の箱からおせんべいを出して渡してくれる。

ここにいればどっぷり安心で、気分はずっと優しくて、肌は柔らかく守られている。ある日いつものようにざらめのついたせんべいを笑顔の祖父から受け取った。かじると甘じょっぱい。ぱらぱら落ちるざらめがテーブルに敷いたティッシュペーパーの上に落ちるのが、スローモーションみたいに見えた。こたつも日差しも温かく、時間があまりにもゆっくり穏やかだ。

あれ、もしかして、これじゃだめなんじゃないか。

私のこれからのことは、バンド活動に懸けるサークルの先輩たちに合わせて決めることでは一切ないし、祖父母がわかることでもない。私が自力で考えて行動せねば何も起きないのだと、ざらめのせんべいと一緒にやっとのみ込んだ。ぎょっとした。

焦った私はできる仕事を探し出す。喫茶店のホールや料理屋のお燗番のアルバイトを経て、短大で少しだけ勉強したことがあった、ウェブサイトの制作をする会社に潜り込んだ。

そうしてしばらく働くうちに会社の先輩が、自分の住んでいる賃貸マンションに空き部屋がある、家賃は格安でかまわないから短期で住まないかと誘ってくれたのだ。

先輩の親戚が所有するそのマンションは今後取り壊すことが決まっているという。新規の入居者の募集はもうやめており、先輩が暮らす部屋のほかはほとんど空き部屋らしい。取り壊しの時期は未定だけれど、おそらく半年から一年は住めるということだった。

その頃の私はまだ、少ない生活費を渡すだけ渡して生活の大部分を祖父母の世話になっていた。仕事を持ったら次は一人で暮らして、嘘でもいいから、さも自立したかのような生活を送りたいと思っていた。

祖父母も喜んで送り出してくれて引越した。その街が東京都江戸川《えどがわ》区の小岩《こいわ》だ。マンションは三階建てで、三階に先輩が住んでいたから私は二階を選んだ。先輩はご飯に誘ってくれたり、大家である親戚の方との交流を取り持ってくれたり気にかけつつも、適度に距離を取って私のおぼつかない一人暮らしを見守ってくれた。

小岩の駅周辺はにぎやかだ。南口を出ると放射状に三つの商店街が走る。北口には目の前に大きなイトーヨーカドーがあって、周辺をドラッグストアや小さくていい意味でクセの強い商店がどこかぎらぎら野性的に並ぶ。

家賃を考えられないくらいの激安価格にしてもらっているとはいえ、先々のことを考えてまずはお金をためたい。意気込んで、外食は禁止ということにした。飲食店を開拓する必要がないとなると、行動範囲は暮らしたマンションのある北口にほとんど絞られる。

ＪＲの総武線という乗降客数が多い路線にある小岩駅は、北口だけでもなにしろたくさん店がある。これまで埼玉の奥地にある一時間に一本しか電車の来ない駅や、東京でも私鉄の各駅停車しか停まらない駅周辺以外住んだことがない。北口を使いこなすだけで精一杯だったともいえる。

北口の小道を入ったところにとにかく安い八百屋さんがあって助かった。八百屋さんの並びにあったディスカウントショップでは、たまに食パンを一斤十円で売ることがあって飛び付いた。

この頃、私はやっとちゃんとお化粧をはじめた。肌が弱く乾燥肌でもあったから、合わない化粧品によく悩まされて、イトーヨーカドーの化粧品売場に何度も駆け込んでお世話になった。おそらく少し年上くらいだろう優しい店員さんがいて、肌にも予算にも合う化粧品を丁寧に一緒に探してくれた。

緊張する私の顔にファンデーションを塗ってみせながら、「私も研修でちゃんと勉強するまでメイクはぜんぜん自信なかったんですよ」と笑って安心させてくれたのを覚えている。仕事をする人の優しさがうれしい。店員さんは塗った化粧品がみんなぴたっと肌に吸着したような、きれいなお化粧をしていつもきりっとしていた。

家電はみんな部屋の近くにあった小さなリサイクルショップで買った。引越してすぐはガスコンロだけでしのいでいたけれど、やっぱり電子レンジが欲しい。お金はあまりないんですと素直に相談すると店主らしいおじいさんが、店の奥からぼろぼろの電子レンジを探して持ってきた。これだったら安く譲れると、雑巾でごしごし磨き出す。

通電して水を張った湯呑を庫内に入れてチンして「ほら、あったかい。使える使える」と店主は温まった湯呑を差し出した。店員なのか店主の友人なのかよくわからない、そこらに座る数人の老人たちが「ボロなんだから、あげちゃいなよ」と盛り上げてくれて、ほとんどタダみたいな値段で持って帰った。湯呑もくれた。

知らない街が、寝て起きてを繰り返すたびにどんどん私の街になっていく。

江戸川の花火大会を見に埼玉から妹が来た日、八百屋さんの隣にあった焼鳥の屋台ではじめて焼鳥を買った。私や妹よりも少しだけ年長だろうお兄さんが焼きながら「花火行くんでしょう」と何本かサービスしてくれた。

土手で湿った芝生の上にじかに座って食べる冷めかけの焼鳥はおいしくて、暗い空に花火はどんどん上がる。打ち上げの場所から遠いところを選んだから、地元の人たちがちらほらいるくらいで空いていて、花火大会なのに混んだところに出かけて混んだ電車で帰らなくてもいい。

ここに私は暮らしているんだ。

ある日、部屋を掃除していて、押し入れの上の天袋に覚えのない何かが入っているのに気がついた。ひっぱり出すと、脚を折りたたむことができるちゃぶ台だ。

大家さんに聞いてみると、私が引越してくる前に部屋に住んでいた人のものではないかという。連絡を取ってくれて、やはりそうだった。

一人暮らしの高齢の女性だそうだ。重いものを運ぶことが難しく、できれば引越し先へ持っていってあげてほしいとのこと。教えてもらった引越し先はすぐ近くだ。自転車に覆いかぶせるようにビニールのひもでちゃぶ台をくくりつけ、支えながらそろそろと押して歩いて運んでいった。

おばあさんの新居は古いアパートの一階の角部屋だった。アパートの周りはつつじが小さく刈り込まれ植わっており、地域猫のためらしい、水飲み用のアルミのお皿がいくつか置かれている。

ちゃぶ台を忘れたこと、ぜんぜん気づかなかったのよ、だからもういらないかなと思ったのだけど、置いたままでもご迷惑でしょうし、ソファに座ったときの足置きにしようと思って。

白髪をひっつめにした、体の小さい、いかにもおばあさんらしいおばあさんが迎えてくれた。

「ねえ、あなた、どこか悪いところない？」と私をのぞき込むように言うから、つい警戒もせず「膀胱炎にかかりやすいです」と答える。「それならこれ！」と、小さくて透明なジッパーバッグに入った白い粉をくれた。

はっとして、社会的にだめなやつではないかと瞬間思うが、ちゃぶ台を運ぶ力もない、しかも信頼する会社の先輩の親戚のマンションに長年住んだ店子さんだ。そんなとんでもないものを所持するわけない。

「あのう、なんでしょう、これは」

「塩」

韓国でつくられた竹塩と呼ばれる特別な塩だそうで、「なんにでも効くからまずは料理に入れてみて」と生き生きとして言う。見知った塩よりもずっと粒子が細かく、袋の上から押すと、粉雪みたいにぎゅっと固まった。帰ってなめたら普通にしょっぱい。

仕事を終えて帰宅すると、隣の空き部屋の扉にポリ袋が下がっていたこともあった。誰も住んでいないのにと、中を確認するとりんごとフルーツゼリーが入っていた。

大家さんに電話すると、かつての住人の友人がよくお菓子や飲み物を届けていたそう。連絡を取ってもらって、今度はその届け主に返しに行くことになった。大家さんによると六十代くらいの女の人だそうだ。

教えられた部屋はこれもすぐ近所の花屋さんの二階だった。訪ねていくと、痩せて静かで、服装もおとなしくまとめたおばさんが出てきた。引越したことを忘れていつものように届けてしまったのだと言う。「よかったら、これはあなたが受け取って」と、返すはずのりんごとゼリーを、遠慮する間もなく持たされてしまった。

町会の役員をしているというおばさんは、「あなた、困ったことはない？」と心配してくれる。この頃私はかすかすの失恋をして頬がこけるほど痩せていた。そんな様相を見て、お金に困って食べられていないのではないかと、気の毒に感じたのかもしれない。けれど、困ったことはとくに何もない。

「ええと、今は仕事もありますし……大丈夫です」

そうか、そういえば私には困りごとがないな。一人で暮らして、満足している。漠然と携え続けたこれからへの焦りと不安が薄まるのを感じて、私はちょっと、いい気になった人の顔をした。

帰って、水出しの麦茶を湯呑に入れてレンジで温めた。畳の部屋で正座してすする。

かつてマンションに暮らした人たちや取り巻く人たちの確固たる存在に触れた。暮らすことで、その場所の過去の時間が味わえるとは思わなかった。

塩のおばあさんや、花屋さんの二階のおばさんが差し入れを続けたもういない隣人のように、私も、人と場所と暮らしている。生きれば生きるほど、場所には時間の層ができる。人が塗り重なっていく。じんわりとした、時間を過ごして生きていく実感がある。

あの日、花火が上がった空だ

先日、二十四年ぶりに小岩を訪れた。私が暮らした当時からあった、改札の前の力士像はしっかり健在で、「火災予防運動」と赤字で書かれたたすきをかけて今日も土俵入りしている。

高架下のショッピングセンターは最近リニューアルしたばかりだそう。「こいわ生鮮市場」と掲げられたサインが光るあたりは上品な生鮮食品の店が並び、果物や野菜がぴかぴかに光って高級感がまぶしい。

イトーヨーカドーが今も営業中であることは事前に調べて知っていたけれど、入ってみれば思った以上にそのままだ。屋上に掲げられたロゴこそ「セブン＆アイ・ホールディングス」に変わったものの、店内にぶら下がる「化粧室」の案内板のレトロな文字はおそらく同じものだ。

驚いたことに、化粧品売場も二階の、記憶どおりであれば当時とまったく同じ場所にあった。

私があのとき手にとった、大手メーカーの敏感肌用のラインも変わらないデザインで並んでいて、一瞬、何が起きているのかわからなくなってしまう。店員さんが、杖をついた白髪のお客さんを静かに接客しているのが見えた。

通った八百屋さんと隣の焼鳥の屋台は見つからなくて、でもイトーヨーカドーの横に低く並ぶ衣類やＣＤの店はまさかのほとんど当時のまま。〝いい意味でクセの強い商店がどこかぎらぎら野性的に並ぶ〟、かつて感じた雰囲気が、店の変貌はありながらも保存されている。私だけが年を取ったようで、ずいぶん長い間離れてしまったことが急に惜しくなった。

イトーヨーカドーの裏は再開発をしているらしく工事中で、街を歩くとタワーマンションの販売営業所がいくつかあった。大きく変わるのはこれからなのかもしれない。

蔵前橋《くらまえばし》通りを千葉方面にとことこ歩いて行く。江戸川の土手へ出ると視界が一気に開けた。あの日、花火が上がった空だ。

河川敷は野球場になっていて、川の上を総武線と京成本線の線路がまたいでいく。江戸川は思った以上に川幅があって、橋を歩いてみたのだけど、なかなか向こう岸へ着かない。

風が強い日で、晴天の乾いた空気がびゅうびゅう髪を吹き上げた。黒い頭を押さえながら、小岩に住んでいた頃は髪を明るく脱色していたのを思い出す。将来の輪郭はまだまるきり縁取られず、目の前に今ある景色だけを真に受けて必死で解釈していた。

千葉の地面を踏むだけ踏んで、また東京に戻る。

住んだマンションの跡には、きれいな店舗兼マンションが建っていた。入居から一年を経ても取り壊されることはなく、私は結局、二年弱住んだ。ずいぶん慣れて好きになった街だから、そのまま近くに越してもよかったのだけど、体調を崩して入院していた祖父が退院して自宅療養すると父から聞いたのだ。少しは手伝いたいと、祖父母の家に戻ることにした。小岩に戻ってくることはなかった。

当時は気づかなかったけれど、マンションの近くは学校や幼稚園も多く、子どもの姿をたくさん見かけた。雰囲気もまちまちの公園があちこちにあって、放課後の小学生たちが歓声を上げて走っていく。

盛岡、北上川を走って越えて、母と私とソフトクリーム

母とふたりで盛岡《もりおか》に行ったことがある。写真にも文章にも記録の残っていない、記憶のなかにしかない、頭で思い出すしかたどりようのない旅だ。

ふたりで連れ立って、新幹線に乗って行った。一泊だった。花巻《はなまき》の温泉に泊まった。お酒を飲んだ記憶があるから、二十代に入ってからだろう。

私は十代のぎりぎり最後に東京へ出た。その頃母は埼玉で暮らしていたから、別の住まいから東京駅で待ち合わせるかなにかして盛岡行きの新幹線に、おそらく私たちは乗ったのだ。

当時の私はまるで本など読まずに薄目でぼんやりやり過ごしていた。いまでは宮沢賢治の大ファンに仕上がって、岩手といえばイーハトーブと発想するけれど、

当時はそのすばらしさには微塵も気づいていない。つまり宮沢賢治目当てでの旅ではなかったわけで、どちらかというとグルメ目的だったんじゃなかったか。冷麺とじゃじゃ麺に興味があった。コッペパンにさまざまな具材をはさんで売る福田パンの噂も聞いていた。そこへ母の、花巻温泉に行ってみたいという希望が、きっと重なったのだ。

「花巻に行ってみたいなあ」「えっ、私も盛岡行きたい！　行こうよ？」「ほんと？　行く？」「行く行く！」「えっ、じゃあ、いつ行く？」という、軽いやりとりが高まって荒ぶって本気になって旅行の予定が立つ流れは友人とのコミュニケーションで起こりがちだけど、そのバイブスが、この旅行は母との間に上がった。母がデパ地下でノリで惣菜を買う様子は私にとってお馴染みだ。惣菜と旅行は違うけれど、母は本質的に軽い思いつきで行動するところがある。

と、せっかくの私たち肝煎りの旅行ではあったのだけど、覚えていることはふたつしかない。

ひとつは、母がじゃじゃ麺を食べなかったこと。

旅行中の朝昼晩の三食に組み込めず、じゃじゃ麺は無理やり合間の時間に食べるしかなかった。母はお腹がいっぱいで食べられないから店の外で待っていると言う。土地の名物は無理にでも食べるものだと思っていた私は驚きつつ、一人で食べた。カウンターだけの狭い店で、じゃじゃ麺の例のきゅうりが鮮やかで、でもたしかに私もお腹はいっぱいだった。せっかくのおいしさを、満腹のお腹であっても鮮烈に感じ切るべく注力した。

旅なのだからとにかくたくさん食べる、それが旅行の幸福で醍醐味であるというイメージは、あくまで作られたテレビ的な価値観ではないか。現実的にはごく限られた胃腸の強い、飲食に対してハングリーかつ明るい希望を持つ人がなし得る特別なことなんだと、無理に食べなくても旅に幸せはいくらでもあると、このあともっとずっと先に私は気がつく。

そしてもうひとつの記憶が、新幹線に乗り遅れそうになったこと。

帰りの新幹線は十五時台だった。少し時間が余っているねと、盛岡駅から三百メートルほどのところにある、大通り沿いの喫茶店に入った。

クラシックなタイプの店で、丸いテーブルに向かい合って腰かけると私はソフトクリームを、母は生ビールを頼んだ。ビールは足のついたグラスに入って出てきた。泡はきめこまやかでクリームのよう。ソフトクリームはカップでもコーンでもなく、タルト台の上に高く盛られて金の加工で縁取られた豪勢な皿にのって提供された。テーブルには丁寧に真っ白のクロスがかけられて、時間をつぶすためだけに入るのにはもったいない店だと恐縮する。

晴れの日だったけれど、店内はうっすらと暗い。電球色のあかりがビールの白い泡とソフトクリームの白い渦をオレンジ色に照らす。

旅した季節を覚えていない。ビールとソフトクリームだから夏だろうか。でも母は冬でもビールを飲むし、私も冬でもソフトクリームは食べる。

「グラスを半分くらい飲んだ母が、「あれっ」と言った。「新幹線の時間、間違えてない？」

時間はお互いに共有していたはずなのだけど、改めて切符を見た母が間違いに気づいた。十五時四十五分だと私たちが覚えていた発車時間は、実際は十五時十五分だった（正確な時間は忘れてしまったのだけど、だいたいそういう間違え方だった）。

えっ、えっ、どうしよう。

出よう、走ろう。

母はグラスを掲げるとビールを飲み干して、私はまだ半分も食べていないソフトクリームをタルトの台の部分で持ち上げた。新幹線の発車時間に合わせるべく、つとめてゆっくり食べていた、だから減りが遅かった。

私はソフトクリームで手が塞がっていたから、会計は母がした。おそらく事情を察した、というか、騒ぐ私たちの声を聞いたらしい店員さんが、私がタルト台にのったソフトクリームを持つのを見て（持ちづらくってすみません）というような顔をする。私は（いえいえ、時間を間違えたのは私たちですので）という顔で返した。

店を出る。晴れていてよかった。走った。雪は積もらず、やっぱりこれは、夏の記憶か。橋を渡って、川を越えた。

あらためて今、調べてみると、盛岡駅は北側に北上川《きたかみ》が、逆側に雫石川《しずくいし》が流れている。喫茶店の場所はもはやわからず、でも、駅のどちら側から向かったとしてもどっちにしろ私たちは川を越えた。あいまいな旅の記憶の一部が正確であることに笑ってしまった。走っても走っても駅までずっと繁華だったから、私たちがいたのはきっと北口で、越えたのは北上川だったんじゃないか。

本気で走る母を見たのはあのときくらいだ。ビールを飲んでも私より身軽で、速かった。私はソフトクリームがこぼれないように持って走って遅い。食べて少し軽くして、また走る。

ぎりぎりで新幹線のホームに駆け込んだ。ビールいる？　と母に聞かれて、いると答える。母がキヨスクで買ってくれたスーパードライの三百五十ミリリットル缶を右手に、ソフトクリームを左手に乗った新幹線は混んでいた。

滑り込むように指定席に座って、ソフトクリームの残ったタルトの土台の部分を食べる。

どういうわけか、缶ビールはぬるかった。

曙橋、看護師の格好で登った木をさがす

看護師の格好で木に登る、あと、演出家に蹴られる

演出家を怒らせて蹴られた。

蹴らせてしまったと言ったほうがいい、それくらい、物事をわかっていないうえに怖いもの知らずで傍若無人だった。

二十代のなかば、当時好きだった小劇団が、公演の出演者オーディションを兼ねたワークショップを行うと聞いて応募した。

中学、高校と演劇部に所属し、高校に上がってから小劇場へ通って演劇を観るようになった。運動神経が無く表現の勘も悪い。俳優には向いていないだろうと

は薄々感じながら、ほんの少しは可能性があるんじゃないかと、演技という表現をなんとか自分のものにできないか、中途半端に模索していた。

幸運にも私は書類審査を通過し、一次審査のワークショップへ駒を進めた。ワークショップの会場は東京の都心にある大きな体育館だ。

夜。どしんと建つ体育館は電球色で煌々《こうこう》と明るかった。闇のなかにあってあかりは窓から外へ漏れ出して、巨大なほたるみたいだ。

集まった参加者は百人以上いた。与えられたテーマに沿って表現を考え、ひとりずつ発表するというのが審査内容だ。モノローグを語りながら、巧みなパントマイムで内装工事の様子を再現して見せた人と、歌を歌って腰痛体操をした人のことを覚えている。私はちょうど読んでいた立花隆『宇宙からの帰還』の内容を、でかい声で叫びながら大股で体育館の床を円を描いて走った。そんな感じのいろんなことを、百人がみんなやった。

翌日、審査通過のメールが届き、続いて集められたのが、都営新宿線で新宿三丁目駅からひと駅、曙橋《あけぼのばし》駅の近くのスタジオだ。

三日間をかけたワークショップと審査があった。グループに分かれ、同じ台本を、それぞれのグループごとにスタジオの近隣から自由に選んだ場所で演じるのが課題だった。

ひとグループ四人。誰がどう提案したのだったか、私たちは衣装を着けて公園でやろうという話になったのだ。私は古着屋で買った看護師の白衣を着た。近くの公園に行き、私は木に登って木の上から芝居に参加する手はずになった。

公園の木は根元付近に足場がないうえ、ざらざらしているだけでどうも取っかかりがない。登るのは大変な難儀だった。他のメンバーと、どこに足をかければ上まで登れるか真面目に検討して、体のがっちりしたメンバーの肩を借り足場にしてやっと上がった。

三日目の発表の日、演出家と他の参加者が公園にやってくる。

木の上の私はすぐに人々に見つかった。「気がつかなかったことにしよう」と演出家が言い、みんながぱらぱらと笑う。それまで私はそれなりにまっとうに真剣に課題に取り組んでいたつもりだったのだけど、この発言で、どうやら私たちのパフォーマンスは課題の芯を食っていないようだぞとはじめて気づいた。

終わったあと、浴衣を着てスリッパを履いたメンバーが演出家に「僕はこういう、衣装を着たりするのはあんまりよくないとは思ったんですが」と言った。ビルの外壁に沿って距離を空けて人が並ぶ演出をしたグループがよく褒められていた。

蹴られたのは二次審査の三日間のワークショップのあいだで、でもいつだったのか、グループ分けをする前、初日だっただろうか。例の、看護師の格好で演じた台本の一部を稽古場で試したときだった。

私はビルの上から飛び降り自殺をしようとするも、数人にはがいじめにされて止められながら「死なせて」と言う役で、でも、それに対して演出家に「この台本でなんでこの人物が『死なせて』と言うのか、それが理解できないのです」と言ったのだった。

おそろしい。

なんでそんなこと言うんだ。

頼む、言わないでくれ。

ちなみに、このワークショップにおいて私は、芸能の世界で一般的である、朝でも昼でも夜でも「おはようございます」と挨拶をするルールを無視した。他の参加者や関係者が「おはようございます」と挨拶するなか、ひとりで昼なら「こんにちは」、夜なら「こんばんは」と言った。そういう手段で目立とうとする、未熟さにあふれていた。どこまでも恥ずかしい。

どうやって私は床に転がったんだろう、押されたのか、そこに寝てと言われたのか、気づいたら、寝転がったまま演出家にぼかぼか蹴られていたのだった。

その日の解散後、私は他の参加者の携帯電話をスタジオを出たところで拾う。人気の劇団に所属する参加者が持っていたのを、見た覚えがあった。スタジオに戻ると演出家やスタッフの人々が何か打ち合わせをしていた。劇団名を挙げて、そこの人の携帯を拾ったと伝えると、あの劇団から参加者がいるのか、知らなかったと演出家は言った。制作の方と話して、携帯電話は私が持ち帰ることになった。

帰る道中、拾った携帯電話に持ち主から電話がかかってきて連絡がついて、新宿駅で待ち合わせて受け渡した。お礼にと、大袋のバナナチップスをくれた。漫画喫茶の個室に入って、バナナチップスをひと袋ぜんぶ平らげた。

三つの公園と奥付の住所

あれから二十年と少し。曙橋駅付近の地図を開くと、ある程度の広さの土の地面にいくつか遊具があって、大きな木が数本生えている、公園らしい規模の公園が三つ見つかった。私の登った木がもしまだあったら、大人になった今見ておくのは、ちょっと面白いし、エモーショナルだなと思った。

夕方、都営新宿線に乗って二十一年ぶりに曙橋駅で下車する。

地下鉄の駅をでたらめに地上へ上がると、目の前に現れたのは靖国《やすくに》通りだ。あからさまにきょろきょろする。防衛省市ケ谷《いちがや》駐屯地の鉄塔が見えた。頭上を濃い影で飛行機が飛んでいく。二〇二〇年の羽田空港の新飛行経路運用開始で、新宿の空には羽田に着陸する飛行機が飛ぶようになった。

やんわりとあたりをつけた三つの公園は、曙橋から北側に向けて延びるあけぼのばし商店街の先にある住吉《すみよし》公園と、防衛省の向かいにある仲之《なかの》公園、それから靖国通りの南側にある愛住《あいずみ》公園だ。

九月のなかば、残暑で夕方も蒸れて、なんでか左手の人差し指がちょっと違和感がある程度にずきずき熱かった。どこかでとげでも入っただろうか。

スマホに地図を表示させて確認しながら歩いていると、電動キックボードシェアのポートがそこらじゅうにあって、乗った人が走って通る。飛行機が頭上をまた飛んでいき、ウーバーイーツの四角い箱を背負ったスクーターとすれ違う。

この場所がいつかの場所でありながら、もうあの頃と同じでないことは、懐かしい場所を訪れるたびいちいち新鮮に思い知る。私が関わらなくたって、どの場所にも時間は勝手に流れる。

愛住公園は隣の住宅が取り壊し中で、様子を見に来た近隣の住人らしい誰かに作業員の方が、「大丈夫、安全に作業しています。心配しないで」と説明していた。道から少し高い場所にある公園に出る。滑り台とプラタナスの木があった。

「ねえ、ここかな？」

「うーん、記憶があいまいでわかんないな。でも、他の公園と比べればわかるかもしんない」

確かめようもなく、自分に聞いて自分で答える。

駅に戻って、今度は靖国通りを北側にわたる。あけぼのばし商店街のゲートが見える。途中、CD、DVD、ブルーレイディスクのセルフコピーができるという店があって、コピーする機械の名前が「デュプリ弁慶」と「デュプリジョニー」と書いてあった。弁慶のほうはいっぺんに二百枚のコピーが可能で、ジョニーのほうは七枚可能らしい。CDやDVDをそんなに大量にコピーしたいと思ったことがないなと思わされる。

愛住公園と同じく、仲之公園も道から一段高いところにある。下の部分が建物になっていて、屋上を公園として整備しているらしい。登れそうな桜の木があって、でも根元が花壇のようになっている。地面から直に生えていた記憶があるから、ここは確実に違うなとわかった。

「ここは違う」

「うん、違うね」

防衛省の鉄塔が近い。上のほうに白いアンテナが丸くぽこぽこ開くようについていて、無機的なデザインにもかかわらず妙に生き物のような生気がある。空をまた飛行機が行く。

商店街に戻って歩くと、八百屋の野菜が安くてぎょっとした。私は街に暮らしの気配を感じるとすぐ、その街がどれだけ暮らしやすいかを測って自分の街と比べてついうらやんで悔しがる。良さそうなとんかつ屋もある。古くからある雰囲気の文具店から子どもがふたり、ぴょんと跳ねて出てきて駆けて去った。

商店街の先の坂を登ったところにある住吉公園もまた、道から階段で登ったところに公園としての景色が広がる。どまんなかに大きないちょうの木がある。周辺で数人の子どもがサッカーボールを蹴り合っていた。

「ここでもいいね」

「そうだね、ここもいい」

ここだ、とか、ここかな？　ではなく、ここでもいいなと思う。記憶の場所を確かめるというよりも、記憶を置いても良さそうな場所を探しているようでもあった。現地にきてなお、頭に景色がよみがえらない。

愛住公園か住吉公園のどちらかだろう。プラタナスの木といちょうの木の皮は、せめてなでておいた。二十一年前に看護師の格好をして登ったかもしれない木だ。


創作に対する尊厳を意識して、礼儀を持ち敬意を表することを、あれから少しずつ学んだ。いずれにせよ、二次審査でオーディションに落ちてから、自分の体で優れたパフォーマンスをする度胸や根性は取りこぼしたままになった。新たな機会をつかむこともなく諦めるともなく諦めた。

劇団の作品は追い続けた。演出家に盾ついたことを思い出したらどうしても恥ずかしくていたたまれず、虫がいいと思いながら会ったことのない憧れの人の作品のつもりで接した。

曙橋から帰って翌日、はっとして図書館へ行った。

ワークショップが行われたスタジオが、ある出版社のビルだったのを思い出したのだ。

当時出版された本があれば奥付に住所があるはずだ。

図書館の検索用の端末で検索すると、ワークショップが行われた頃その出版社が刊行した本が一冊収蔵されているのがわかった。探して手にとった。

奥付の住所は新宿区愛住町だった。ワークショップの会場から公園はすぐ近くだったことは覚えている。私たちのグループが演技をしたのは、愛住公園だ。登ったのはプラタナスの木だったんだ。

踏みしめようとして何度もすべったコンバースの靴底の感触。昨日さわったプラタナスの木の皮は、いちょうの幹より取っかかりなくただざらざらしていた。

大森、もう会うこともないだろうけどさ

大森の会社員だった

大森《おおもり》はパワースポットだ。

みんな大森が好きで好きで仕方がなくて、大森の話が出るだけでその場の空気が一気にゆるむ。大森の話がしたくて集まるし、集まって大森の話がはじまれば一同の気力がみちあふれてくるのを如実に感じる。

大森はお弁当の路上販売のカートが警察に取り締まられている。

大森の駅の北口では、有名な路上生活者の方が道ゆく勤め人ににらみをきかせる。

大森には稲垣潤一がクリスマスに歌を歌いにくる。

大森では雨の日、色とりどりのたくさんの傘が、薄暗くて天井の低い執務室の空いたスペースに広げて置かれる。

はじめて社員として勤めた会社が、大森にあった。


本来、大きな株式会社の社員になれるような人間ではないのだ私は。入ったのは大手電機メーカーの子会社だ。インターネットのプロバイダ事業が主な業務内容で、私が担当したのはウェブメディアの編集作業だった。

入社した時点で二十六歳になっていたのに、会社という組織のことをわかっていないのはもちろん、働くことそのものにも理解が乏しかった。

入ってすぐ、勤怠の入力システム上で土日や祝日が「休暇」と表示されているのを見て大いに狼狽した。私の時間はもはやすべてが会社の所有下にあり、会社に行っていない時間は会社が私に「休暇」として与えている時間なのだとふるえあがった。意固地な世慣れなさを持っていた。

縁があっての入社だった。野生生物といっていいくらい世間知らずの私を、いま思えばよくも採用してくれたもので、私にとってはとんでもない幸運だ。

入社後、私は半年くらいかけてじりじりと会社というものを自分なりに理解していく。伝統的な部分がありながらもところどころ変で、穏やかながら活気のある社風にふれ、入社直後の狼狽は一転、このあとの十七年、私はすっかり会社員をエンジョイすることになる。御社弊社をやりくりする、会社員的なふるまいや生活に心酔して、会社員であってこそ人生と思いながら暮らすとは、入社してすぐの頃は思いもよらなかった。稟議申請も、購買発注も、立替金申請も大好きだ。社長がいて、事業部長がいて、部長がいて、課長がここにはいる。親会社から偉い人が出向して来るとどんな人なのかみんなで噂する。

私が入社したのは二〇〇五年で、まだ社外からの来客との打ち合わせの席には女性社員が交代でお茶を出す習慣が残っていた。私もおそるおそるコーヒーを出した。どこから配るか、上座下座の位置をいつも間違いそうになってひやひやした。さすがに変すぎる文化だからすぐになくなって、打ち合わせをする当事者がお茶も出すようになった。

　大森の執務室はのっぺり広い。天井は低いから端っこから向こうの端っこを見ると消失点が感じられた。ぎゅっと机を島のように並べて、ほとんどの人が九時には出社して、十八時の定時を過ぎるとぱらぱら帰っていく。

　入社してしばらくは、まだみんな固定のデスクでノートパソコンではなく、タワー型のパソコンをぶんぶん唸らせながら、重い袖机にたっぷり入った伝票を指サックをはめてめくって働いた。パソコンはしょっちゅうフリーズして、真っ青な画面が出て立ち上がらなくなった。パソコンが壊れた人は内線で管理部門に連絡する。台車に載せられた代替機ががらがらやってくるまで自席でぼんやりして、広報部から紙で回覧される新聞の切り抜きの同業他社情報をぱらぱら見るともなしに見る。この頃はスマホがまだない。

　半期に一度、席替えがあってフロアのなかをパズルみたいに全員が移動した。采配するのは引越奉行と呼ばれる社員だ。二年目とか三年目とかの社員が指名されることが多いけれど、たまにそこそこ偉い人がやったりもする。最初にみんなの袖机を中央のフリースペースに集めて、ちょっとずつ席を移す。誰かの袖机がなくなると、みんな自席に運んだ自分の袖机を開けて確認した。

社員はみんな内線のＰＨＳを持っている。購買部とか経理部とか法務部とかのコーポレートの部署から、申請に不備があると確認の電話が入る。固定電話もよく鳴った。私は誰か宛の電話をとったときに保留しつつ内線で転送するのが下手すぎて、間違えて切ってしまったりする。だから保留すると大きな声でその人を呼んだ。「〇〇さん、電話です！」

親会社の決まりに従い、給料日は毎月二十五日ではなく二十六日で、当日に上長が直に紙の明細を手渡してくれた。ミシン目がついていて、ぴりぴり三辺を切り取って開く。ボーナスの日にはいかにさりげなく明細を受け取るかが試された。少し年上の、頼れるチームリーダーがぼそりと「そうか、今日ボーナスかあ」と、とぼけて中も開かずに明細をかばんに入れたのは一生忘れない。みなぎる喜びがあそこまで隠せていなかった人を私は見たことがない。

執務エリアには取引先の会社の人やフリーランスの人、保険の外交さんやヤク

ルトを売る人、コピー機の修理、植木のメンテナンス、マットの取り替えなどな
ど業者もがんがん入ってきた。いちど知らないおじさんが入ってきてあれは誰だ
ということになり、結局本当に知らないおじさんだったことがあった。知らない
人を会社に入れないように気をつけてくださいと、社内システムで通知された。
執務室のすべての出入り口には小さな電話台のようなものがあって、四角い機
械が置かれていた。社員証をかざすとタイムカードが打刻される仕組みだ。ある
ときその機械が撤廃され、ネット上のシステムにログインしてボタンの押下で打
刻する仕組みが導入されたとき、社員は大いにざわついた。小学校の頃からずっ
と、定時に教室にいれば遅刻ではなかったのに、急に自席までたどりついてパソ
コンを立ち上げてボタンを押す必要にさらされたのだ。そんなばかなとみんなう
ろたえたけれど、なんとなく慣れてそのうち誰も何も言わなくなった。
書類に押すのは印鑑ではなく、デート印という日付の入るゴム印を使う。メー
ルでの目上の人につける敬称は役職＋殿、ただし実際に呼ぶときは役職は使わず
社長でも〝さん〟をつける。手柄を立てた部署には半期に一度の全社会議でみん

な前で社長賞が贈られて、受け取った人はトロフィーをデスクに飾る。異動が決まった同期とエレベーターに乗り合わせるとつつきあって労う。社員のなかでも労組の人はちょっとオーラがある。創立記念日には大きなハンバーグの入ったお弁当が配られて、食べたあと午後は休みでみんな帰った。

もう会うこともないだろうけどさ

ＪＲ大森駅には大きな中央改札と小さな北口改札のふたつの改札口があって、私たちの会社は北口を出て三分くらい歩いたところにあった。大森ベルポートという、Ａ館からＤ館までの四棟のビルで編成されるオフィスと商業エリアとイベントスペースまで合わさった複合施設だ。中央の広場はドガンと大きく吹き抜けて、大理石のようなバブル感のある建材でしっかりと作られている。天井近くには、東京、ロンドン、ニューヨークの現在時刻を表示した大きな金色の時計が輝く。

謎に迫力があるものだから、ＣＭやドラマの撮影に使われることもよくあった。稲垣潤一がクリスマスにやってきたのもこの広場だ。商業エリアには飲食店や美容院に加え、郵便局や銀行や各種都市銀のＡＴＭなどが入居して、地域に暮らす人たちの利便にもひと役買っているように見えた。

私たちのオフィスは広場に沿った裏の一角、Ｄ館の二フロアで、当時は他のフロアは自動車メーカーが入居していた。社員食堂があって、そばがとても安くてとてもまずいと聞いて食べに行ったことがある。こしのない麺ではあったけれど、まずくはなかった。

入社日には、新卒でも中途でも、新入社員は全員、人事部長がテナントエリアの一番奥にある銀座アスターに連れて行く。私は中途入社だったのだけど、大規模なリクルートをしている最中で同期が多かった。入社の日はみんなスーツで来た。私だけが普段着で、咎められるようなことはなかったけれど、あとで私を会社に斡旋してくれた上司に驚かれた。アスターでは鶏肉のカシューナッツ炒めを食べた。

大森に勤務するあいだに二回育児休業をもらった。二回目の休みの途中で東日本大震災があり、会社はより安全なオフィスへということだったか、備蓄資材の保管が可能なビルへということだったか、大森から別の街への移転を決めたのだった。

また通うつもりで離れた大森に戻ることなく、私は新しい事務所へ復帰した。大森にいた頃の私たちは、単純にみんな若かったのだと思う。一緒に働いた人々で集まると、誰もが大森を輝かせるように語る。それは自分たち自身にも、前途がこれから開けていくような希望の手触りがあったからじゃないか。

大森の街には会社のみんなが大好きな、うなぎと焼鳥を出す店があった。創業は一九六一年、カウンターとテーブルと座敷があって、社員でそろって行くと座敷に通されることが多かった。店内が焼き物のけむりでもくもくと煙るから、ぼろぼろのうちわが置かれている。店員さんのあとにトイレに入ったらすれちがいぎわに「糖尿なもんで、水が泡立っちゃっててごめんね」と言われて、糖尿の人はトイレの水が泡立つのかと、へぇと思ったのを、うなぎの串や焼鳥の味以上に覚えている。最近、その店が閉店したのだと聞いた。二〇二三年のことで、コロナ禍は乗り越えたのになくなってしまった。それでなんとなく気になって、十四年ぶりに大森に行ったのだ。

件《くだん》の店は噂どおりなくなっていたけれど、あたりは思ったよりもずっと当時のままだ。北口を出て歩いてすぐの角には変わらずメガネ屋があった。この店の前で、周辺にいつもいる有名な路上生活者の方に顔を近づけられ怒鳴られたことがあった。虫のいどころが悪い日はよく人を威嚇していたから、ついに私も大森人としての自覚が湧いたのを思い出す。

大森ベルポートのエリアに入ると、一気に緑の量が増える。八月の夏の日差しの強い日に来た。注ぐ陽が半分に遮られて地面に薄く光が届いた。風が抜けて、光の具合で加減のさまざまな緑の葉がさわさわゆれる。あれ、ここ、こんなに美しかったのか。毎日通う頃にはこうは魅了されなかった。

吹き抜けの広場もまた、久しぶりに見ると記憶以上に壮観ではないか。こんなに美麗でなくてもいいのにと、つい笑うほどの豪華さがそのままの目の前に現実として再現された。

入居店舗はかつてとはずいぶん変わっていた。空きテナントも多い。私が通った頃にはなかった喫煙所が新設され、収容人数が十五人と決まっているようで入場待ちの行列ができていた。

一人目の子どもの育児休業から復帰してしばらく、朝から夕方前までの時間短縮勤務で働いた。作業時間をできるだけたくさん確保すべく、可能な限りぎりぎりまで出社時間を早めた。七時前には出社する。手を洗いにトイレに入るといつもまだ早朝の清掃の最中だった。

ちびまる子ちゃんのお母さんの髪型のような、茶髪にもこもこにパーマをあてて、しっかりめのお化粧をした年長の女性が働く。そういえばいつもぴかぴかにきれいなトイレだけど、掃除をしている様子を見ないと思っていた。こんなに朝早くに作業しているんだな。誰もいない時間を選んでいるのかもしれない、気づかれる前に先んじて挨拶をして敬意を表そうとでかい声で「おはようございます！」と日々、挨拶をしていたら、そのうち顔を覚えてもらえた。

最初は「おはようございまーす！」と元気に返してくれていたのが、そのうち「あ、おはよう〜！」とくだけた様子に変わって、さらに私のことを「おねえさん」と呼んで、私が手を洗うあいだ洗面台の鏡を拭きながら、あれこれ世間話をしてくれるようになった。

もともとスナックのようなところに長く勤めていたそうだ。でも実は夜より朝が好きだし、人と喋ることもともとはそんなに得意ではない、だから偶然紹介されてここで働いているけれど、掃除の仕事は案外飲食業より自分に合っているようだと教えてくれた。

なんでこんなに出社が早いのかと聞かれて、子どもがまだ小さくてと言うと、自分の孫と同じくらいだと、うちのも保育園に通っているよと、いっそう親近感を持ってくれたようだった。

夏は暑さに愚痴を言い合って、冬も寒さへの文句を共有して、それくらいの他愛のない話をしながら、どんな仕事しているの？　とか、嫌なことある？　とか、話を聞いてくれた。トイレを掃除するばっかりで、私は事務所の中で何やってるのか全然知らないんだと言われ、たしかにトイレ掃除のスタッフさんが執務室に入ってくることはない。

私も私で、スナックではどんな話がお客さんにウケるのかを聞いた。話はするんじゃなくて、聞くんだよねとのことで、なるほどとはっとしたのだ。

お名前を聞けばよかったのだけど照れくさく、どうにも呼びかねたままだった。


昼ご飯はお弁当を持って行く日と買って済ませる日があった。お弁当の日はお弁当持参派の同僚数名が一緒に食べるところに混ぜてもらう。このグループはみんな、食べたあとでお弁当箱をウェットティッシュできゅっきゅと拭いて仕舞うようにしており、自分で作って自分で洗う人の、これが所作かとしびれて真似した。彼女たちは、雨の日にはさしてきた濡れた傘を執務室の空いたスペースに干した。見た人が続々とそれに続いて干す。大森のオフィスには、いつだって、ビジネスのすぐ横にやけに生活の気配があった。

お弁当を作らない日はベルポートの広場の隅に出る屋台から買った。四つの小さな屋台が並んで、私はそのうちのお寿司屋のちらし寿司が好きだった。小さな四角いプラスチックのどんぶりに、酢飯がぎゅっと押さえつけるようにみっちり詰まって、上に漬けになった刺身がのる。七百円くらいだっただろうか。もっと安かったかもしれない。この屋台たちは、かつてはビルの前の道でカートを引いて販売していた。警察に取り締まられていたのはこの人たちだ。どういう交渉があったのか、いつからか館内で販売するようになって人気を博したのだけど、今回の再訪では見当たらなかった。「お弁当いかがですか〜！」という元気な声は聞こえて、レストランのテナントが、店頭でお弁当を売っているらしい。

　はっとしたのは、十二時を過ぎた頃に、広場を囲むように設置された植栽の生け垣の縁に、お弁当を食べる人たちが次々腰かけていっぱいになったことだ。この生け垣は人目につかない広場の隅っこにも設置されており、広場に背を向けて人ひとりが入れるビルの勤め人でないと絶対に存在に気づかない隙間がある。私が勤めていた頃も、この隙間が休憩場所として一番人気で、静かに取り合いになった。電車のドア横のような場所だ。屋台でちらし寿司を買うと、執務室のフロアに戻らずこの隙間でよく食べた。今日来なかったら、一生忘れたままになるところだった。

久しぶりに隙間に入ってお弁当を食べてみようと、ビルの裏に新しくできていた台湾料理店の店先で、ルーローハンのお弁当が売られているのを見つけて買ってきた。お弁当には缶のお茶がついてきて、オフィス街のお弁当にはお茶がつくことも合わせて思い出す。

広場でも外でも、モップやブロワーを手に掃除する人を見た。広場のさまを、まるであの時のままだと、時空を超えたようにすら感じたのは、記憶の頃と変わりなく清潔に保たれているからだろう。大森駅の北口にもまったく当時のままだと感じたのだけど、それは当時と同じくらいほこりがたまっていたからだ。同じようにきれいで、同じように汚い。清潔感のレベルを同程度に保つことがその場所を時空を超えて保存するのかもしれない。

止まった時がひとりでかかえきれなくなって、あたりの写真を撮影して当時の同僚に送った。すぐに「やばい!」と返事が来た。

いつものように朝七時前に出社してトイレに行くと、あの掃除の人が、今週でこの仕事をやめると言った。最初に挨拶をしてからちょうど一年くらい経った頃だ。もともと紹介してくれた人が休む間の代打だということは聞いていた。もうスナックにも戻らない、仕事はやめだと言う。あとはぶらぶらして過ごすよと。

「まあ、もう会うこともないだろうけどさ、どこかで見かけたら声かけてよ」

最後の日、掃除の手を休めて私のほうを向いて彼女はそう言った。

街で見かけても、果たして私はちゃんとあの人だと気がつけるかわからない。もう会うこともない、というのはその通りだろう。

せめてこの挨拶を、一言一句違わず覚えていようと、それがもう会わないし、街で見かけても声をかけることがきっとできない悔しさに報いると私は直感した。

「まあ、もう会うこともないだろうけどさ、どこかで見かけたら声かけてよ」

だから、これは本当にあのときあの人が言ったとおりの言葉だ。

ルーローハンは、なるほどこれはちゃんと台湾の本場に近い味だろうと、門外漢なりに納得させられる、八角がしっかり効いた味だった。最後まで楽しみにとっておいたチャーシューが思いのほか薄味なのが意外で、これぞ海外の料理を食べる醍醐味と思わされる。

満腹のお腹をさすりながら植栽の隙間から這い出すように広場に出る。

オフィスエリアへの出入り口からは、これから昼休みを取るらしい人と、オフィスへ戻る人が行き交う。遠くから、部外者になってしまってもう入れない、執務室へ向かう自動ドアの先に目を凝らした。毎日乗り降りしたエレベーターまでは見えなかった。

執務室へ上がるエレベーターは六基か八基あった。全部が一つのメーカーで統一されず、なぜか二社のメーカーの機種が混在していて、ビル建設時の大人の事情だとみんなで噂した。一基だけが最上階の自動車メーカーの社長室に通じるらしく、そのエレベーターのみ中に鏡がついている。

社員証を首からさげて、スーツの人、カジュアルな服装の人、人の様子はさまざまだ。今にも当時一緒に働いたエンジニアたちやデザイナー、営業やコーポレート部門の誰かが出てきそうで息をのむ。

大森は東京の街で、私がいま暮らす街ともそう遠くはない。だから気兼ねなく、後腐れなく帰った。とはいえ、用がなければ来ることはないよなと、手放すように思う。

大森駅から京浜東北線に乗ろうとしたら、若い男女が生ハムをひとりひとパック持って食べながら降りてきた。

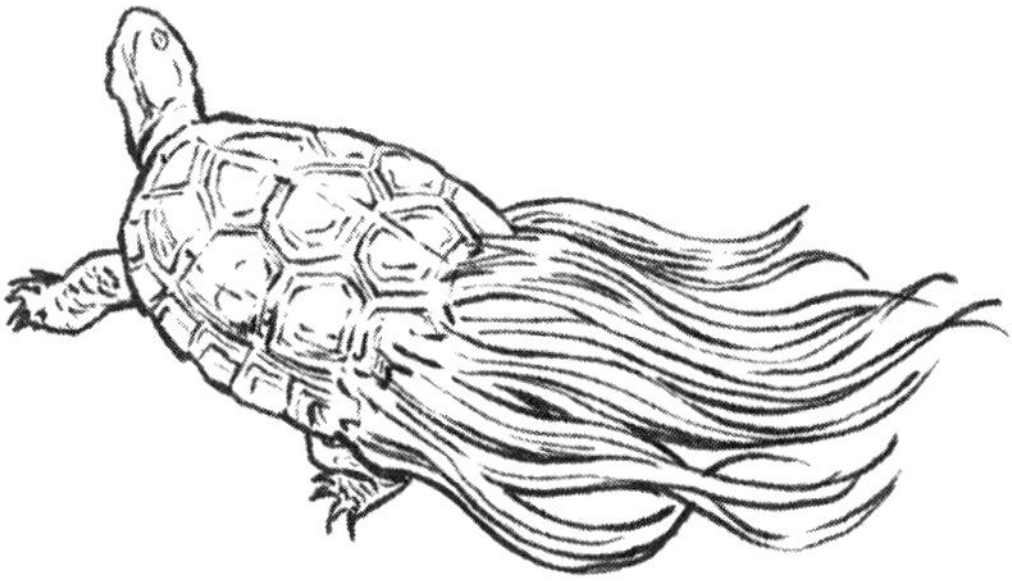

湯河原、今の私のありさまを、子どもの私に見せてやる

湯河原《ゆがわら》の温泉旅館に、未就学の頃夏に数回、母方の祖父母に連れられて行った。これはどういう遊びなのだろうと思った。やることがない。子どもの私は驚いた。

到着すると、そこには部屋があった。それだけだ。あとはお風呂に入ってご飯を食べるんだと祖母は言う。電車に乗ってバスに乗って、ずいぶん遠くまで来たけれど、お風呂とご飯のほかになにかアクティビティがあるわけではないらしい。畳の部屋に横になる。片付いて広い。ごろごろ転がって壁にぶつかって跳ね返ってまた少し転がるが、面白くはなかった。

見かねた祖母がバスで駅前まで戻って書店で雑誌を買ってくれた。部屋に帰っ

て読んで過ごして、お風呂に入って、ご飯を食べて、寝て、朝ご飯を食べて帰った。

大人たちが気を遣ったのだろう、贅沢なことにその次の夏はプールのある旅館を手配してくれた。前年の旅館よりも大店だったのか、ゲーム機を集めた一角もある。六角形の筐体《きようたい》のなかにたくさんお菓子が入っていて、シャベルを操作してすくいとるゲームを祖母にせがんで遊んだ。卓球台もあったけれど、あれは大人の遊びだと、静かに遠慮した。

二〇二四年の八月の終わり、息子と娘を連れて、子どもの頃以来で湯河原の温泉旅館に一泊した。かつての記憶はまるでおぼろげで、確からしく思い出せるのは転がって頬を擦った畳のイ草の乾いた感触と、小さな屋外のプールの青く塗ったコンクリートのざらざらした手触りくらいだ。

ネットで宿の予約をとるときに、あの頃に泊まった宿が出てこないか少し探してみたけれど、手がかりが少なすぎて行き当たらなかった。

出発は午後。家族三人旅だし一泊だし、何の準備もせず、緊張感のないまま朝ものろっと起き出した。一泊ってどんな旅支度だっけ。旅というほど荷物なんて少なくてぜんぜんかまわないよねと、三人そろって本当にこれは旅なのか、疑うようにきょとんとした様子で出発する。

私たちの暮らす東京から電車で湯河原に行くには、在来線の東海道本線でのんびり行くか、特急の踊り子に乗るか、それとも新幹線のこだまで熱海《あたみ》に出るか、いろいろと方法がある。なんとなく新幹線を選んだ。単純に、私は新幹線が好きなのだ。

三列のシートが予約できて、子どもたちと並んで座る。息子が車内放送に続いて「completely non-smoking」と声に出した。「completely」には、「いっさい完璧に」「ぜったいに」といった具合で果てしないほど強くきっぱりとした印象が感じられて、どこか大げさでもあって面白いと息子は言う。

走り出せばすぐに海が見えた。東海道新幹線は、何度乗っても、海だ！　と気分がはじける瞬間がいい。

乗りながら、はっとして子どもの頃の湯河原への旅は新幹線ではなく、東海道本線のボックスシートに座って向かったのではなかったかと思い出した。私の隣に祖母が座って、妹の隣に母が座って、ひとりはみ出た祖父が斜め前のシートに座る。

祖父の隣に上品な老婦人の先客がおり、調子の良い祖父は話しかけて盛り上がっていた。どこかの駅で婦人は私たちより先に席を立つ。降りぎわに「よかったらお孫さんたちに」と、祖父に明治のアーモンドチョコレートの箱を渡していった。わあと私は喜んだけれど、祖母は祖父から箱を取り上げた。「何が入ってるかわからないんだから、こんなの食べちゃだめだよ」チョコレートの箱を祖母はかばんにしまった。

「本当に、へらへら調子がいいんだからさ」

祖母と祖父が女と男であるなんてことを、私は一度も考えたことがなかった。けれど、急に思い出したこの風景はまるで男女の話ではないか。祖母はきっぷのいい魚の卸店のおかみだ。好きなものは商売とお金とフェラガモである。若い頃は美貌を誇ったのだと親戚から聞いたこともあったけれど、私が物心のついた頃にはどっしりと頼もしい風体で、シルエットにはもはや貫禄だけがあった。その祖母が見知らぬ婦人に嫉妬したのを幼い私は目撃していたのだ。あの頃は、チョコレートがもらえなかったことを妙だと思ったくらいだった。

取り戻した記憶と飛ぶような移動速度をありがたく体感しているうちに、新幹線はもう熱海に着いてしまう。熱海駅からは東海道本線に乗り換えてひと駅で湯河原へ。山あいを抜けた車窓に湯河原の温泉街の景色が広がる。駅の手前の線路のわきにはびっしり一面あさがおのつるがはって、控えめに青い花がちらほらと咲く。

息子が、小田原《おだわら》、熱海、湯河原、このあたりはビッグネームが至近すぎると、もったいないから散らしたほうがいいと言った。たしかに箱根《はこね》も伊豆《いず》も熱川《あたがわ》も近いのだからすごい。地名には興奮が宿る。名前の地を踏みしめて、ここがあの湯河原かと、それだけでもうれしい。

宿はこぢんまりした古い旅館で、フロントでシャツにネクタイをしめて角刈りにはっぴを着た、いかにも旅館らしい番頭さんに鍵を渡してもらう。

時代なのか、宿のレベルなのか、子どもの頃に行った旅館には世話をする着物の中居さんがいた。部屋まで荷物を運んで、お茶を入れてくれて、少しおしゃべりをする。どこかのタイミングで祖父がすっとお金を渡すと、中居さんは一度は遠慮して、でも軽くひと押しすると、お言葉に甘えてと帯にはさんだ。

大人になってから、ふとした誰かとの会話のなかで、私には旅館で中居さんにお金を渡すなんて難しくって一生できないと、共感をもって話題になったことがある。祖父はああいうことをどこで習ったのだろう。今日は中居さんがつかない旅館でよかった。

宿の鍵はおせんべいのばかうけのような形の木に、じゃらじゃらしたチェーンでぶらさがっている。部屋に入ればあまりにもイメージ通りの普通の旅館の部屋なものだから、家族揃って「普通だ！」「普通の旅館だ！」と声が出た。テーブルに乗った草餅を食べてお茶をいれて飲みながら、なにか変わったことはないかとテーブルの上に置かれた案内をめくるのだけど、めくれどもめくれどもなんら変わったところはない。娘が「黒ひげ危機一発の貸出がある」と見つけ、それもまたいかにも旅館のようではないか。

ひとつ普通でないところがあるとしたら、窓の向こうに見えるのが、私たちの宿泊する宿を何ランクも凌駕するであろう高級ホテル、ということだ。堂々として川向こうに要塞のように建つ。このホテルの入り口をバスで通り過ぎたが、高級車で来ることしか想定していないようなエントランスであった。部屋から窓の外をただ眺めていて見えてしまったので勘弁してほしいのだけど、ある一室ではバスローブを着た子どもがベッドの上で飛び跳ねている。

我々はあまりのラグジュアリーにすっかり魅了され、いつかはあのホテルに泊まろう、そういう力をつけようと、とくに娘は「お母さんというよりも、これは私たち子どもが達成しないといけないことだ」と冗談の気分を含めつつ奮っていた。

食事は食堂のテーブルに基本的には運んできてもらえるのだけど、ご飯やお味噌汁、デザート、飲み物は自由にとりにいくパターンだ。デザートにソフトクリームがあって私はひとり盛り上がった。子らはソフトクリームよりもずっとフルーツに興奮しており驚く。私などはソフトクリームを大きな魅力ととらえ、漫画喫茶のドリンクバーにソフトクリームサーバーがあると聞けば全能性を感じるし、サービスエリアはソフトクリームを食べるために立ち寄る場所だととらえている。ソフトクリームは私にとって神通力だ。旅館に退屈した子どもの私も、ソフトクリームがあればもう少し旅の印象が上向いたのではないか。

この旅館はコロナ以降、来客中の客室にスタッフが入室するのをとりやめたのだそうだ。布団もご自身でお敷きくださいとのこと。こちらとしてもそのほうが気楽でいい。三人で敷きはじめたらどういうわけかスイッチが入って、F1のピットくらい全員がテキパキ作業してしまい、終えて笑う。

すぐに寝た。家族の旅行は時間を惜しまずただ、夜になると寝る。

翌日は、誰かの起きる気配で目が覚めた。

息子が布団の上で半身を起こしている。おはよう、何時？　と声をかけると「五時」とのこと。風呂入ってくると息子は立ち上がり、私はもう一度寝た。

気づくと息子は風呂から戻ったらしく本を読んでおり、私も風呂に行く。露天風呂に浸かると座った正面にちょうど朝日がのぼり、まぶしくて山並みの景色が見えない。日を背に座り直したら目の前は壁だった。柵の隙間から入った光が水のなかに落ちてゆらゆら揺れる。学校のプールみたいだと思う。出入り口ののれんがそよいで、誰か入ってくるのかと目をむけるが何度も風だった。

露天風呂も大浴場も無音で、数人が出入りするけれど静かだ。朝日、お湯、揺れるのれん、崖、静けさ、裸の人たち。

部屋に戻ると娘も目を覚まして、でも布団に寝たままスマホを見ている。風呂には行かず、ぎりぎりまで寝そべって朝食の時間になったら起き上がるとのこと。夏休みの娘といえば昼に起きる生き方だから、今日はこれでもとんでもなく早起きということになる。

昨日の夕食に続き、朝食もきれいでおいしくてありがたい。食事は配膳されていて、ごはんや飲み物、デザートを自由にとりにいく方式は昨晩同様、ヨーグルトのコーナーにキウイのソースが置いてあることに子らは色めき立っていた。うちではヨーグルト専用のソースなどはなかなか登場しない。娘は「一人暮らしになったらこういうのを買う」と言い、小さくも大きなロマンだなと思う。

娘はもう十四歳になって、一人暮らしもそれなりに現実味をおびた未来だ。この人が、ひとりで暮らすのか。ひとりで朝起きて、ひとりでご飯を食べて、ひとりで出かけるのか。なんだか想像するだけでいじらしくって、ちょっと笑ってしまった。

娘にそれを伝えつつ、「私がひとりで寝起きしてるところも、想像すると笑えない？」と聞くと「それ、ひとりで朝起きてパッと目を開けるところを考えるから面白いんじゃないの？」と娘は言う。それだ。人が朝起きて目を開けるさまは、客観的にちょっと面白い。

十時ぴったりにチェックアウトする。一泊だけれど、世話になった旅館と離れるのは惜しい。これは、ホテルにはあまり湧かない種類の気持ちだ。浴衣でそこいらを歩く、館内全域が自分の家のようになる旅館ならではの感情ではないか。

帰りも、昨日驚かされた例の高級ホテルの入り口の堂々たる佇まいを眺めて堪能した。このホテルの名前は、今後家族のあいだで豪勢なものの代名詞にきっとなる。

東海道本線で熱海へ行って、新幹線の時間までのあいだに海でも見るかと、歩いてみたら、駅から海岸までの標高差がものすごいことになっており歩きながら青くなる。海辺のローソンで三人、暑さでどろどろに溶けた体でアイスコーヒーを買った。根性で海辺までたどり着く。コーヒーを飲んで、ゆれる真夏の海を眺めた。

新幹線に乗ってしまえばもう旅はおしまいの気配だ。娘は神妙に「いまここで大事故に遭う可能性もある」と、家に帰るまでが遠足ですの意識を高めていた。事故には遭わなかった。むわっと暑い自宅の窓を全開にして空気を入れ替えるだけ入れ替えたら、おみやげの、湯河原名物だというきび餅と、熱海で娘が買ったたこせんべいを食べ、自宅に残っていた梨をむいて夏の旅行は本当に終わり。

家族旅行は、家族の日常を日常のまま遠くまで持ち運ぶ。非日常ではあるけれど、コミュニケーションはまずまずいつもどおりで、完全には非日常が宿りきらない。普段は家にまとまっている私たちが、まとまったまま家を抜け出して湯河原へ行った。昨日と今日、いつもの日常を、知らない世界に設置した。新鮮な空気の中で、日常は少し躍動して輝いて見せてくれた。ヤドカリのように一泊だけすっぽり旅館に包まれ、あたりを見回して珍しがって、そうしてまたいつもの自宅に帰る。誰とも待ち合わせない、誰とも解散しない。私たちが私たちのまま一体で、行って帰ってくる。

疲れて自宅の床の上で横になり、フローリングで顔を擦って思う。大人になった私の湯河原旅行は一から十まで全部楽しい。子どもの私に見せてやりたいし、もう亡くなった祖父母にも伝えたい。旅館に泊まることをここまで楽しめる今の私のありさまを。

「小岩、知らない街が、どんどん私の街になる」

（ＳＵＵＭＯタウン２０２４／４／18「小岩のイトーヨーカドーで教わった、自分が大人になったこと」改題）

他は、書き下ろしです。

装幀　山本知香子
装画　竹内嘉文

古賀及子

1979年東京生まれ。エッセイスト。著書に日記エッセイ『おくれ毛で風を切れ』『ちょっと踊ったりすぐにかけだす』、エッセイ『気づいたこと、気づかないままのこと』『好きな食べ物がみつからない』がある。

巣鴨のお寿司屋で、帰れと言われたことがある

2025年4月15日　第1刷発行

著　者　古賀及子
発行人　見城 徹
編集人　菊地朱雅子

発行所　株式会社 幻冬舎
〒151-0051　東京都渋谷区千駄ヶ谷4-9-7
電話　03(5411)6211(編集)
03(5411)6222(営業)
公式HP：https://www.gentosha.co.jp/

印刷・製本所　中央精版印刷株式会社

検印廃止

ISBN978-4-344-04422-7 C0095

この本に関するご意見・ご感想は、下記アンケートフォームからお寄せください。https://www.gentosha.co.jp/e/